幼稚园

issue 01

今日宜远游

韩寒 主编

浙江文艺出版社
Zhejiang Literature & Art Publishing House

当年我脑海里隐约有两个句子：

我曾经跨过山和大海
也穿过人山人海

——其实是一个句子。

好几年后，
这句话终于有了一首好的曲子作为归宿。

不是每个句子都有书本和曲子安放，
也经常没有人记得你说的只言片语，
甚至连风里的回应都不会有。

不会有的。

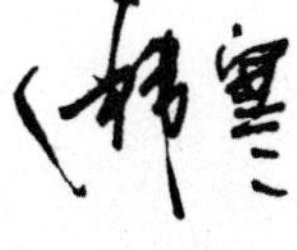

Playground

我还年轻，
我渴望上路。

Jack Kerouac

from 杰克·凯鲁亚克《在路上》

我们称之为路的，
其实不过是彷徨。

by 卡夫卡

Kafka

出发总是美丽的，
尤其是在一个
阳光普照的清晨上路。

San Mao

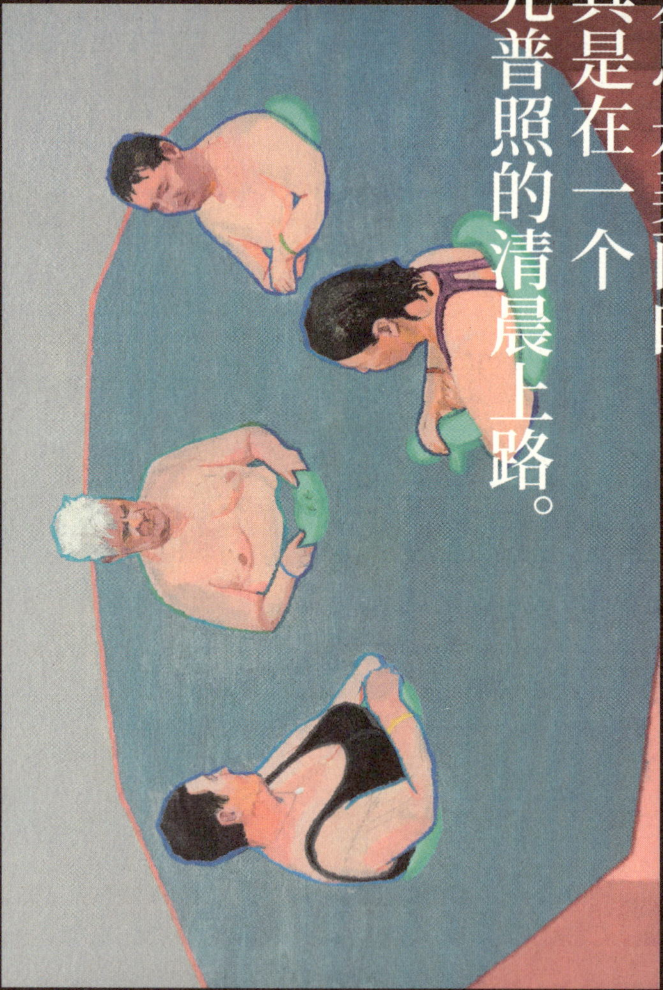

by 三毛

『您如何面对生活的磨难？』

『每天上午洗澡和早餐前刮脸，以便随时远走高飞。』

Nabokov

by 纳博科夫

故事 STORY

寒暄

目录

Contents

ESSAY

随笔

Keynote ——

再后来，也曾在东区的海滨小住。
所以看到的海，多半是那里的。时常带了小狗去游水，它爱海水的程度，简直如同半尾鱼。

香港的铺子，好景常在

by 葛亮

作家，代表作：《北鸢》《朱雀》

1

现在住的地方，若用地产中介的口气，便说是“旺中带静”的。这街的形状，是一个长长的弧形，好像一枚新月。街道两边是一些有了年岁的楼宇。静的确是静的，其实离闹市并不远。因为这街的形状，自成一统，便涤清了外界的许多声响。或许也是因为老旧，最初并不打算长居。因为家中曾经的变故，租住这里，是为了能在中午赶回家来，陪母亲吃饭。后来竟就住了下来，一住就是几年。

一则是因为房东人实在是很好。房东叶老先生，是上海人。据说当年出租的时候，他有自己的挑剔。但因为听说我是南京来的，引为老乡，竟然很爽快地答应下来。叶先生是上世纪五十年代来港创业的工厂主，时当壮年，现在说广东话也还带了浓浓的乡音。当时香港的大环境和后来的经济起飞尚有距离。

所以，艰苦的日子也是经过了的。第一次的置业，便是在这里买下了几个单位。自己住过红磡、湾仔。老了，就搬回了这里。大约也是好静，又见得到老街坊吧。叶先生喜烹饪，兴起，会烧一些地道的本帮菜，送过来与我分享。又喜欢京剧，有很多京戏的影碟。有时候听得见隔壁的声响，最多的是《法门寺》。

这出我不陌生。大约因为外公也喜欢。有一次他还特来邀我和他一起听。是一出《空城计》。他说他其实最喜欢的，是马连良和周信芳。谈起来，竟也知道年轻得多的于魁智。便又感叹，他来香港的时候，于还未出生呢，现在居然就在内地当红了。说完后，自己去了里屋翻了半天，翻出一把京胡，沾满了尘土。他一面擦灰，一面说这京胡跟他来了香港，也老了。原先弦是上好的马鬃，断了，在这里竟再也配不上。现在勉勉强强装上了钢丝，只有凑合着听了。说完就拉起一曲《大登殿》，声音有些尖厉，但力道却是足的。在这咿咿呀呀声里，窗外暮色也低沉下去。我便有些爱这条街了。

2

回忆起来，在香港也迁居了多次。早前在港岛的西区，第一个住处，在山道上，四周的风物似乎是让人喜爱的。早上推开窗子，遥遥地能北望到海和浓重的晨雾。下了楼，看得见有许多弯折的小道。傍晚的时候，和缓的风也是山上来的。夕阳的光线从法国梧桐的叶子里筛下来，落到地上是星星点点。间或又吹下一两朵洋紫荆或者合欢，便是这光斑中的一两点锦簇。景全是小景，因和日常相关，也更入眼入心。

这些小道，都不起眼，其实是西区的血脉，内在有严整的秩序。街边琳琅的小铺，都是因地制宜，见缝插针。名号却时常分外地大，比方说“贝多芬琴行”“刘海粟画院”，通常却不过十米见方，大约也是香港寸土寸金的明证。

靠着正街，是很陡峭的一条街，从般咸道落下，站在上方，目光直上直下，可一直通向德辅道。整条街都是石板铺筑的阶梯，密集集地下落，几乎有点壮观的意思。这里是很多香港电影取景的地方。

我常去的是靠近山脚的一爿旧书店，叫作“平记”。终年是一盏泛了蓝的日光灯，瓦数很小，并且闪烁不定。倚墙摆了几个通天大书架，生铁或是木的，里面有很多漫画，有些是限量版，待价而沽。香港有数不清的漫画收藏迷，真的有肯为一本上世纪七十年代出版的《龙虎门》出上好几旧水（“一旧水”即一百元）的。这个书店却专有一个中文书架，间歇让人有意想不到的收获。在这书架上，我淘到过天地初版钟晓阳的《流年》、联文版的《喜福会》、王瑶先生的《中国新文学史纲》，甚至有一本五十年代出版的丰子恺《绘画鲁迅小说》，品相十分地好。后来这间店，大约也关了门。

山脚的德辅道是电车道。电车也算是香港的一道景致，一九〇四年开通迄今，竟有一百多年了，缓缓来往于港岛北的坚尼地城至筲箕湾，还在做着实际的用途。这车在香港人的口中又叫作“叮叮”，是它行动时的声响。响起来，大约就是张爱玲说的“市声”。可电车声在上海却是听不见了。这车是谈不上效率可言的，所以车上除了观光客，便是些师奶与孩童，一律都是怡然的神情。

沿着海，“叮叮当当”地驶过上环，再进入中环、金钟。“中环速度”也便在这声音里不情不愿地慢下来了。搭乘这车，会闻见浓郁的海味，这是海产街上的气味，来自鱼翅 、海参 、花胶与其他干货。绕过梅芳街，上了荷里活道（Hollywood Road），便有了另一番天地。

Hollywood Road 的起源，是因早年种植在路旁的冬青树名，又有一说 holly 其实是一种榕树。无论如何，也是早于美国“荷里活”的产生。曾经陪一个朋友，王家卫的粉丝，专程来这里朝拜《重庆森林》里梁朝伟的住处。只是行人电梯附近很普通的中式唐楼。朋友不免失望，说相见不如怀念。

这条街的声名，其实是古董街。错落着几十间极小的铺头。风格则一律清幽，又有烟火气，有点像南京的朝天宫，又整饬一些。没事的时候，我倒喜欢在这里逛一逛。东西多半是 Chineseness，中国风，浓到化不开的。卷轴、陶瓷、漆器，都老旧得很。曾经看到一只紫檀木的明式小圈椅，手掌大小，细节入微，让人爱不忍释，价格亦甚为可观。倒是友人新婚，在这里买了两只葫芦，说是放在房间里作辟邪之用。葫芦上烙着一个人形，问起来，说是龙门派的王常月。这一派由丘处机所创，后来式微，到了王再复兴，已隔了几个世纪。若论辟邪的功力，恐怕也减去几成了。

年轻的也是有的，但依然是老调子。在这街道的拐角处，坐落着一间“住好啲”（G.O.D）。本土设计师杨志超造出了生活的又一重海市蜃楼。老旧的印花布底裤，上世纪六十年代的铁皮水壶，发黄新闻纸图案的布艺躺椅，让人恍若隔世，却是二十一世纪新新人类的心头好。拐角里摆着本土的艺术杂志和《诚品好读》，每次去，总要翻上一翻。也就忍不住买上一两件东西，因为它们摆在那里恰如其分得如此悦目。但买回去，在自己的住处，却成了零余品。别看这表面灰厚的风格，却有着锋利的构思。这间家用品店被警方前后检控过两次，一次二〇〇四年时候推出“Delay no more”字样的产品，因为和粤语的粗口谐音，惹了众怒。一次是二〇〇七年，因为检获印有“拾肆 K”字样的衬衣及明信片，涉嫌有关三合会社团 14K，是成心要和社会不和谐。

和谐的也是有的，到了中环皇后大道中，几间老字号，各据一方，各安其是。士丹利街的陆羽茶室，黑色的老吊扇，仍然缓慢地旋转，将时间转慢了，将香港人的心也转慢了。咬上一口蚧黄灌汤饺，喝上一口普洱，便不知归处。世人都说神仙好，唯有“莲香”忘不了。慕名来的，先都失望，都说破落。待吃上一口贵妃鸡，便都说来对了。来对了，便再要来，却见它越发破落了。再看威灵顿街上，“镛记”的排场是大的。朋友来香港，点名要吃这一家。例牌是烧鹅，好吃的却是顺德三宝、清水牛腩。

这里靠德己立街已经很近了，窄窄的一条弯道，就进了兰桂坊。于我而言，这实在是个应景的地方，如果不是新年倒数，如果不是郁闷太甚，平日对汹涌的人潮避之不及。鬼佬、中产、猫三猫四，出出没没。倒是也有好地方。有一间极安静的酒吧叫 Milk。或许也是生意不好，居然在热闹里渗出清冷来。一个面目严肃的菲律宾歌手唱着 *Love Me Tender*。歌声也很清冷。

3

后来，终于从山道上搬了，搬进了规整的校园区。忙于研究与论文，这些地方便也很少去。去得少了，心思便也淡了。后来就像是没了瘾。先是在研究生堂住，前见海，后见山，是极其好的清静地。

在这里，我开始写我的长篇小说《朱雀》，也是恰逢其时。此后搬到叫作 STARR 的校舍。楼层住得很高，也面海，竟可以看到驻港部队的空军演习。对面是何东夫人堂，男学生经常情不自禁地望过去，是间女生舍堂。我看到时，早已翻了新。旧时的格局是可笑的贵族风，房内两张床，一张是女学生的，一张是给随行的女佣。后来终究要拆，拆之前也依恋。张婉婷便说，那好，我来拍一出戏。便是《玻璃之城》。都说舒淇将港大女生演绎得惟妙惟肖。败笔是黎明，港大的男孩子，可没有这样老实头的。

这些男孩子，精力都旺盛得很。平日再跋扈的，却也要做舍堂文化的螺丝钉。半夜里，听到敲门声，然后是怯怯的声音，央你喝一口他们煲的“楼汤”。你喝了一碗，他们便欣喜得连声道谢，反让我不好意思。我是这层里唯一的研究生，是受礼遇的。不受约束的还有一个是非裔交流学者，据说来自剑桥。还保留着乡风，最喜裸着身体穿过走廊，走进洗澡间。边洗澡边大声地歌唱，唱的也是乡音乡调。浪里黑条，有哗哗的水声，若是和上非洲鼓，便是现场的民俗风情秀。听多了，便不再意外。后来他走了，整个楼层便无可挽回地寂寥下来。

再后来，也曾在东区的海滨小住。所以看到的海，多半是那里的。时常带了小狗去游水，它爱海水的程度，简直如同半尾鱼。

黄昏时候，市区中心的海岸，看得见依岸而泊的小艇。艇上是各色刚刚捕捞上来的海鲜。海蜊、生蚝、象拔蚌和红杉鱼，都整整齐齐地搁在桶里。船娘卷起裤管站在船上，微笑地看着你，等着你挑拣。脸上是海水在余晖照耀下的光影。远处海天一色，交汇处有火红燃烧的云在流动，很美。

大约有家的感觉的，还是现在的住处。和日常相关，每天下了班，回来了，便是这个地方，仿佛一个若有若无的盼头。然而去年的时候，叶老先生去世了，高寿九十二。隔壁的单位，便空了许久。过年的时候，搬进来两个年轻人，据说是先生的侄孙夫妇。面貌都很和气。男的戴着眼镜，斯文地笑。女的干练些，搬家的时候，似乎独当一面。二人形容勤勉简洁，是典型的香港人的样子。周末的清晨，隐约响起的是容祖儿和郑秀文的歌声。京胡和《法门寺》的唱段，是再也听不见了。

烬余录

by 吴浩然

青年作家

我离本科毕业已经五年了。毕业季不是我过去经历过的最大事件，未来更不会是；但它一直是记忆中最重要的一次变动。因为年少的青涩只有一次，以后不会再有其他事件与它代表着同样的告别，不会再催生出同样的不宁与惘然。仿佛少年时代是一束火焰，如今平淡生活里的热情，最多只抵得过当日灰烬里的余温。

五年前的五月，令人抓狂的毕业答辩终于结束，我们可以有将近一个月的时间和大学告别。组成毕业季的，似乎一直是吃饭。只要一有机会，凑足人数，我们就会去吃饭。整个六月，几乎没有几顿清淡寡味的食堂餐，有些饭点，在食堂吃过以后，接到电话又跑出去再吃一顿。在如今的回忆中，那一个月我们好像始终走在赴餐与回寝室的路上：不饿，也没怎么饱过；吃得不坏，也没有能记住的菜肴。

吃饭的发起人是不同的：室友、班干部、其他寝室要好的同学、学弟学妹、学生会同学、社团的朋友、其他院系的私人朋友。然而，每一桌饭的主题都是道别。隔三两天，总有差不多的一群人，便要道一次别。这种频繁道别所积累起的伤感，莫如说是疲惫。像一种闷闷的不太明显的饱胀，因为积累的过程太久，到最后也没有找到爆发的时刻。

吃饭常常是在校外，要出校，会经过一条长长的梧桐路。刚入校那两年，我们时常在白天的梧桐路上走来走去，为了省一块钱，不舍得坐校车。在这最后几个月里，这条路又被走了许多次，不过往往是在夜里。我们快毕业了，不再忧虑钟点和课程，我们在那条路上能够心无挂碍地高声交谈、自嘲与唱歌，这是四年前或更多年前，年少时憧憬过的象牙塔之声，在离开这座殿堂前，第一次也是最后一次奏响。也是在大四的末尾，我们第一次发觉，真的没有多少局外人会关注我们这种特殊的状态。曾经在大一大二的时候，觉得大四学生与自己并非同道，也与学校并不相融；而现在，大四的我们终于也享受到这种疏离带来的自由，也在承受这自由的单薄。在漫长的四年里，我们许多次被教导当下的经历是未来社会生活的预告片，但我在毕业数年后认为，只有这悄悄潜入毕业季所有角落的疏离感，能够预告走上社会之后许多无法向他人道出的滋味。

在如今的回忆中，这条路在夜晚始终弥漫着淡金色忧愁的水雾。因为那些梧桐，那些稍后那个秋天让我怀念又迷惑的梧桐，它们撑起的穹窿仿佛一个永恒的庇护所。梧桐的古老和我们的年轻，对照过于分明，反而形成了一种和谐。只是这之前需要四年的铺垫。

最后一个学期，无人不是忙乱的。读研、工作、毕业论文、学分绩点……不时有事务羁绊，需要匆促地解决，但又好像什么事都没有做成。同学们离校外出的频率比之前高了很多，相比需要费心筹备的告别会、毕业典礼，吃饭自然是一种最便当的仪式。学校周围的小饭馆早已熟稔我们的消费水平与菜式选择，不需要花多少钱，便能办出可供我们饕餮的一餐。尽管如此，那种悬置的心情还是填不满的。最后一顿散伙饭上，因为身体不适，我用温水应对来敬酒的同学。当他们质疑这杯温水时，我的男友阿庞在旁边卷着舌头说："别叫她喝，她今天不能喝，我来帮她喝……"于是他喝醉了，哭了。我帮他抹眼泪，他的眼泪抹不完，我就收回手来，让他慢慢哭完。我坐在桌边看着同学们相互敬酒，有男生捶着对方的肩膀，有女生在哭泣中拥抱，有沉默寡言的人过来对我说，我很喜欢你的文字，加油。我说，谢谢。然而仅止于此，因为我真的一点也不醉。

那是一顿在酒店设席的、花了很多钱的最后的告别餐。之前我们猜测会吃很久，吃得性情恣肆，掏心挖肺。结果，也许是每个人都在等着别人失态，最终没有一个人真正失态。唯有一个男生，在结束后不停嚷着："我们班！每个人！都一定会成功！妈的！"声音中气十足，震得人耳朵疼，语气里与其说是励志，莫如说更多的是愤怒。可能是愤怒别人喝得不够醉，要自己代表全班的真性情，也可能是"成功"这两个字确实令他痛苦。有两个男生拽着他，把他按进一辆出租车里，对我们说："我们先带他回去。"他们脸上带着微笑，仿佛蛮享受这项任务，大概护送醉鬼跟别的事不同，更容易显出他们的绅士与成熟。大学后期，每个人最怕的就是自己还不成熟。

他们离开后，我们剩下的人就走回去。初夏的武汉是潮热的，大家都穿着短装。一双双年轻的腿在夜色里伸展着，几十人渐渐散开，拉成了细长的蛇。那时，我们还不知道我们当中谁会最先结婚，最先买车，最先完全甩掉穷困的少年生活。我架着阿庞——其实他不需要我架，但我有点寂寞，还是紧紧地攥着他的胳膊。我问他："你很醉吗？"他说："有一点，还好。"我问："你刚才是哭毕业吗？"他说："不是，我是想起了你。"我不太明白他的意思，也没有追问。我心里回荡着一点疑惑：真的能在喝醉之后不顾一切地诉说吗？真的能在他人面前痛哭着坦陈自己的心结吗？真的能从生活中彻底抽离那么一刻，不带疑虑地注满情感吗？我一直没有问阿庞，也没有问其余认识或不认识的，在毕业季里哭喊拥抱的人。

也许我天生就对这种人与人的相处方式是免疫的，也许，我的心并不真正属于这里。大四时，我虽然还是个理科生，但早已退到班级边缘，埋头耕耘文学写作的一点点萌芽。这之前，我当过副班长，当过团支书，还当过校园记者和文工团组长。我害怕自己不能成为一个好学生、好女孩，因而使劲向主流标准靠拢，结果，我全盘失败了。任何强装的繁荣，最终都会变得尴尬与丑陋。我被班上同学讨厌，也没有拿到奖学金。尽管开始写作以后，我很快恢复了精气神，但那种和集体之间的裂痕，似乎一直存在下去了。

大学给我最切肤的教训，就是远离大道理，听从内心的真实。各种浩荡的、大张旗鼓的告别并不能打动我，不过后来，我还是被一些细节击败，感到了真实的痛楚。

毕业前夕，每个人都倒腾出整袋整袋的书本纸张，把它们从乱七八糟的柜子里一一检点出来。这是个非常难忍的过程。这些东西保留了最容易被忘记的那些细节——自习时胡乱描画的句子，可笑又热忱的学生会记录，考试前熬夜背下的课件，逛街时随手接的宣传广告和大一时一冲动买下的英语报纸。真难想象，我们曾经对大学抱以那么多期望，对上大学的自己抱有那么多憧憬。我们天真地认为，自己在大学里一定会做许多许多事，即使不做事，也会看很多很多书，成为一个优秀而可爱的人。我记得，当我拥有第一个学生会头衔，赶赴第一场部门会议时，心中是如何暗涌着激动：“我，吴浩然，真正来开会了。”我选了一个厚厚的黑皮笔记本，像我爸用的那种，庄重地摆在面前桌上。就是这样，天真又虚荣。

这个黑皮笔记本，最后真的写完了。它记录了我在大学前两年参加的数以百计的会议和活动。而大学后两年，因为变成文艺青年的缘故，我也看了很多书。这样的大学生活理应是圆满了，但是……完全不是那样。跟当初想的，完全不一样。最终我所做的每一件事，都不是为了优秀，而是因为孤独。我曾虔诚地仰望校园，但校园没有任何回应，我不得不老老实实低下头生活。散落一地的纸张与字迹，无一不在提醒，十八岁时计划的美景，其实都是梦中涂鸦，最终什么也不会留下。

旧物打点出来后，我们就拿去学校给毕业生专门开辟的跳蚤市场上卖。有些东西就是当初跳蚤市场上买来的，如今原样不动又摆回摊位上。为了占好点的位置，我们每天都要起早，轮流守摊，打饭，结果也没卖掉多少。但卖东西还是持续了很久，毕竟我们已无事可做。东西清完之前，学校就把我们的板凳收走了（实在不明白为什么最先把板凳收走）。没有板凳，生活突然古怪起来，也更随便起来。我们坐在竖起的抽屉或者一捆旧书上，上网，聊天，串门，把一些东西赠给留校读研的同学，看他们的目光如同看留守儿童。那时候，无事可做就是全部的事情。无事可做才能细细享受最后这些校园生活的细节，在它们被全部摧毁之前。

最后，同学们开始一个一个地走掉。我们寝室的小琦是最先走的，那几天她和男友频频吵架，或许加上难以说出口的别离伤感，她是在非常低郁和沉默的情境中，被男友叫来的出租车接走的。那天，我们三个室友埋头坐在自己的位子上，没有多说。我觉得这样的走，比之后一些充满拥抱、握手与叮咛的告别更自然一些。后者让我感到不舒服，因为总有种置身事外的感觉。

小琦走的第二天，武汉被水淹了。武汉逢夏必淹，那一年更甚，下了几天暴雨，有些地方都成了灾，上了报纸。我们学校也淹了一些地方，尤其是开水房附近，浑水过膝，许多空瓶顺着水流漂到很远的地方，无章地漫布着，正吻合毕业生的心境。我举着水瓶，小心地在水里迈着步子，没想到在即将离开的时候，还能增加一种经历。

到了我离校的那一天，也有人来送我。那是中午，行李捆在车后，我坐上校车，同班的晨晨走过来对我说："路上保重。可喜欢你了。"阿庞坐在我身边，碰了我一下。我没有明白他的意思，他说："你应该下车和她说说话。"这时车子准备启动，我说："我不知道。"还有一位女同学与我一道走，我们在校门口一起打车去火车站，阿庞掏了车费，没要她分担。在武昌站门口，她拿下行李，对我们说："谢谢啊。再见。"阿庞说："再见，路上小心点。"我也点头道别。我们都很平静，如同我们本是陌生人，只是陪对方走了一小段路，再回到各自的行程中。尽管彼此都知道，这可能是我们的最后一面。确实，至今我没有再见到过她。

我们本是陌生人，只是陪对方走了一小段路，再回到各自的行程中……

心绪的翻涌，是在二十四小时后才迟迟到来的。归家翌日的清晨，我躺在枕头上，凝视着窗户上方为遮挡阳光而粘贴的报纸，忽然情绪决堤，流下了伤心的泪水。想到再也不能去荟园吃饭，再也不能和一些同学畅谈，再也不能走出宿舍看到站在草地上的阿庞，我简直心如刀割。我想再坐火车回去，毕竟阿庞和一些同学还在学校。"不过是两个小时的动车而已，我可以早上去了，晚上再回来。"我知道这想法很荒唐，可它在我脑海里整整萦绕了一个上午，直到这天剩余的时间不再够真正施行这个计划。于我而言，一个最熟悉的世界崩塌了，我不知道上哪里再找一处同样的容身之所。真是奇怪啊，明明我本来更热爱陌生的感觉。我还记得大四如何比大一大二轻松许多，因为许多以往认识的人都走了，我可以无忧无虑地走在校园里想着心事，不会因为忽略了一个招呼而招致一场小小的烦恼，那些虱子一样的烦恼啊。一天之隔，所有快乐与不快乐的事都好像已无迹可寻。我真的拥有过大学吗？瞬息即逝的时间，真的一分一秒流淌过四年了吗？

这些事如今都过去了。毕业后这几年里，我回过学校若干次。起初，回去是一件精神上的大事，会张开全身毛孔搜索一切曾经包裹过自己的事物。后来，渐渐就换成了过来人的眼光。直到最后，开始过门而不入，只心里稍稍有些摇晃："那里是我读本科的地方，那里有些往事。"我曾以为我的大学经历是独特的，如今才晓得那些悸动的情绪，乃是每个人的必经之路。"回去"也不是一个恰当的词，因为那里已经不再收容我。其实那所校园从未记得过我，也从未记得任何人——每一所校园都是如此，唯有脚下的路才是自己的。

离开了校园的我们像飞鸟，开始教科书上的"翱翔"，但若接地气点说，则是有了"飞鸟各投林"的最初体验。网络普及的年代，联系从未切断，朋友圈记录着大部分同学的履迹。只是这种"近"，比起刚分别的"远"，反倒凸显了现实不动声色的残酷。老同学保持联系是可能的，但若长久下去，必然逐渐被新朋友代替，换以新的打交道方式。而那些不再有联系、只静静躺在联系人列表中的名字，真的成了永久的丘墟。没有人会一直停留于已经结束的事物，所需的只是时间。

而我曾经那样心心念念于这场道别，每一次回想，都会察觉记忆如何被时间无可抵挡地逐渐侵蚀。曾经习以为常的日子，亲切可触的人儿，不知何时就慢慢模糊了原有的鲜活质地。直到如今，我的世界已完全看不到旧日的任何痕迹。也许我已经不在乎那些人与事，也许，我是在用一种独特的方式在乎着。我从没有憧憬过同学会之类的重聚。就让记忆以残骸的形式保持完整吧，毕竟这世界上大部分重温旧梦，其实都是在破坏旧梦。

只不过生活的洪流席卷大部分事物而去，留下的一些东西，便属于能够在沉默中，悄悄烙印的那部分。

Playground

我曾虔诚地仰望校园，但校园
没有任何回应，
我不得不老老实实低下头生活。
散落一地的纸张与字迹，
无一不在提醒，
十八岁时计划的美景，
其实都是梦中涂鸦，
最终什么也不会留下。

你一定走了很远的路吧

by 姬霄

人格分裂成三瓣的不安分写作者，做广告、写小说、当老师周末陪女朋友看了集《康熙来了》，一群妈妈在谈论孩子。其中有位妈妈说，有一天进门，正巧看到两岁的女儿在笨手笨脚地穿袜子，她从来没有教过她，但想到女儿小小身影，不知在哪个角落默默学习穿袜子的模样，不由得感动得当场落泪。

怎么说呢，这种感觉我曾切实地感受过。

和女友相恋的第一年，我们都很穷，到了情人节的时候，因为囊中羞涩，我俩总是互相勉励，说这种商家为骗钱制造出的节日有什么好过的。结果那天回到家里，我正坐在书桌前写稿，她忽然凑过来说，你翻翻抽屉。我打开面前的抽屉，里面塞满了十多种不同牌子的饮料。

记得我以前跟她讲过我有收集奇怪饮料的癖好，那些品牌有的很贵，有的要在网上购买，还有的只有特定的超市有售卖。一想到她拎着并不充盈的钱袋，瞒着我四处奔波，想为我准备一个略显正式的礼物，我就忍不住从心底感动。也正是从那一刻起，我就决定这辈子不能让她跟着我吃苦。

先别吵吵，我当然明白自己在为什么感动。大部分情况下，我们的感动都不是直接来源于对方某一刻的行为，而是来源于人脑对于发生这起行为之前的联想。

举例而言，如果我说“别急，你总会等到某个人”，你心中未必有什么感觉。但倘若告诉你：就在不远的地方，有一个人正千辛万苦地寻找着你。坐地铁时梦见陪你回家的场景，吃饭时猜着你更喜欢吃哪道菜。当朋友们问他，怎么还不找对象呢，他略显尴尬地掩饰着说，其实一个人也挺好。所有人都觉得他酒品好，只有他知道，不敢多喝是因为没人送他回家……

这样一个他，活在你的脑海中，正跌跌撞撞地一路向你赶来，历尽坎坷，尝遍孤独。你会忽然有一种感觉，当你们相遇的那一刻，场面一定会令人感动。

成年人时常看到一个结果就去联想它发生的过程，因而产生多愁善感或愤世嫉俗的情绪。这也许是大人们比较不快乐的原因。

我有一位发小，常年陷在自责当中。他和女友相恋多年，分手原因虽不是全赖贫困，但总归贫贱“夫妻”百事哀，种种与“钱”有关的矛盾成了他们情感的桎梏。但巧就巧在，就在分手那一年，他忽然获得了贵人相助，公司运作起来，半年收获两次融资，团队从起初的五人猛增到了八十多人。我去他的公司找他聊天，他坐在独立办公室的真皮转椅上，望着窗外最繁华的写字楼区，一脸怅然地说：如果当时能稍微忍一忍，也许此刻她就可以陪着我了。我安慰他说：但每个人都有贫穷的阶段，分手这事两个人都有责任啊。

他摇摇头说：她其实并不在意我有没有钱，是我自己太作。接着他跟我讲，有一年，他跟女朋友去商场吃饭，路过一家 LV 店，他觉得满大街的女人都有 LV 包，自己的女朋友没有，看起来很可怜，于是他就莽撞地带着女朋友冲进门。本来已经做好倾囊而出的心理准备，但买单的时候才发现，一切比他想象的还要贵。于是他狼狈地带着她跑出了商场。原以为女朋友会怪他丢脸，但她只是哈哈大笑着说：我也没想到这鬼牌子那么贵呢。

多好的姑娘啊，而我却因为不断遭遇挫折，变得自卑敏感而易怒，最终导致我们感情的结束。说完，他幽幽地叹了口气，点了一支雪茄说：我过得并不开心，因为每次想到现在的她，有可能过得不好，有可能找到一个像当时的我那样不懂事的男人，我就很难过。

说矫情也好，娘娘腔也罢，我十分理解朋友的这种难过。如他所说，后来他的女朋友确实找到了一个新的男友，并且一早就结婚了，男方也确实没有如今的他这样富有。我去她家拜访她时，她已经怀孕四个月了，聊天时无可避免地提及我的朋友，她觉得他是个不错的人，但自己的老公才是她真正想要找的人。言辞诚恳，表情幸福，全然不似作伪。我觉得她说的是真的。

当然，朋友的感慨未必虚伪，只是那句“有可能”，是他的脑补。这是人类感性的源泉，在许多情况下，正是这种脑补，让我们丧失了准确的判断力。

2009年我在广告公司上班，曾因为一个项目带队去西藏。到了目的地，我们住在当地政府安排的小宾馆。半夜忽然听见外头一阵嚷嚷，我困极了也没理，早上起床才得知，昨晚来了一个小偷，被守夜的保安当场抓住，结果第二天又给跑了，还顺走了保安的手机。

怎么逮住了还让人给跑了？我们都问原因。保安大哥说，那小偷一看就是新手，看穿着像是来西藏徒步的，被逼急了才铤而走险。他抓住小偷以后问话，对方怎么也不回答。最后，他看着小偷被磨烂的登山靴说：你一定走了很远的路吧。就这么一句简单的话，小偷忽然失声痛哭，像个没长大的孩子，然后将自己的来历全部告诉了保安大哥。保安大哥也是个善良人，说现在太晚了，明天我陪你去派出所自首。小偷点点头，就蜷在保安室的沙发上睡了。没想到天还没亮，小偷趁保安大哥不注意，破门而出，还拿走了他搁在桌上的手机。

我相信在保安大哥说出那句话的一瞬间，那个小偷的反应并不是装出来的，他的内心是切切实实被击中过。也许这一路他真的吃了很多苦头，逼不得已才走上犯罪的道路。保安大哥那一句话，哪里是在问，明明是将他经历的一切从头到尾像电影般重播了一遍。而小偷也不是被保安大哥的关心感动，他是为自己感动。插句题外话，这也许就是心灵鸡汤的功效，它只能让你嗨一阵子，却不能帮你一辈子。

脑补让我们局部失明，也让我们笃信有最好的感情存在。

金庸在《倚天屠龙记》中从未提及张三丰的感情，直到他在临危之际，从怀中掏出一对铸铁罗汉交给俞岱岩称，这是郭襄郭女侠百年前赠与我，望你日后送还少林。这一百年间，在他的内心发生过怎样的变化，他对郭襄的情感是友情抑或爱情，是否有过波澜壮阔，是否曾经黯然神伤，为何会将她随手一赠珍视百年，我们全然无从得知，但只这一句，却足以让我们浮想联翩，不忍细思。

我们时常追问，最令人心动的情感是什么？

自然不是玫瑰花，不是钻戒，不是一打开后备厢，就满眼飘散的气球。这些都只是表象，真正令人心动的是我们对此无尽的联想，就像穷人的慷慨、庸人的热血，就像年少者的担当、多情者的忠贞，还有那个坏人为你低声地祈祷。

就像故事从来没说过，但我知道，你一定走了很远的路，吃过很多的苦，才来到他面前吧。不然的话，他只不过多看了你一眼，你怎么眼眶就红了？我还知道，你也一定跟着她走了很久吧，不然的话，她在角落里黯然一笑，你怎么心就碎了？

但愿你今后都好，能鼓起勇气做一个不那么容易被感动的人，因为越敏感的人，来的路上就越苦楚。而这些，回想你一路是怎样走过来的，你一定都知道。

我失去了我最好的朋友

by 张晓晗

卖自己的小女孩，讲故事的小火柴

0

小时候我看过一本小说，忘了什么名字，大概就是讲一个传说：如果死掉的人，没有被发现死掉，自己也不知道，就还能被爱人看到，还会在人类的空间生活下去。其他情节我都忘了，只有这个传说我记得清清楚楚，甚至很多时候，我都觉得是这个故事造就了我性格很重要的一部分。如果是一件会让我难过的事，我会自动屏蔽，假装没有发生过。它是不被我拆开的快递、不被我点开的信息、不被见到的人，扔在某个角落里，我想着说不定哪天它自然就消失了。

所以，在接到我爸电话之后，我说知道了，我会马上订票的。接下来完成工作，和客户沟通，订酒店，订机票，收拾行李。什么都做好了，离去机场还有些时间，我坐在沙发上，不知道干吗，就翻开一本小说看，一秒也不让自己停下来。

然后翻开书的那一秒，我大哭起来，心里想的却是，完蛋了完蛋了，一会儿被要来接我去机场的朋友看到，该多丢脸啊。我最了解这种不能感同身受的痛苦，他人想安慰都会词穷。

1

爸爸跟我说，奶奶快不行了。

以前很鄙视那种相信朋友圈里转发的医学奇迹的人，家里那么多人是医生，很清楚这些“奇迹”不过是安慰剂。哪有那么多人能用意志力与命运斗争成功的，什么查出来癌症，去爬爬山就好了，还有什么推到火葬场突然复活了。而那一刻我竟然开始不停在朋友圈里搜索相关的文章，并希望这些都是真的，还是会有办法的。我也一次次掐自己胳膊，想着如果能醒来就好了。

自从奶奶住院，我梦到过她几次。每次一睁眼，就想还好还好，虚惊一场。她只是感冒而已，怎么可能出事？上个月去 ICU 看她，她可能是想赶快出来，插着管子，在纸上写：我就是肺部感染而已啦。我还笑笑，凑在她耳边说：对啊，我小时候也有过的，半个月就好了。

在来上海之前，全家人中其实我和奶奶相处最多。上小学前一直住在爷爷奶奶家，人类的生活技能，都是他俩教我的：系鞋带，写自己名字，认表，认钱，用马桶，背古诗……现在想想总感谢这个感谢那个，也从来没谢过她，教我一些每时每刻用到的东西。

大多数人说到奶奶，都会说她是他们所见过的最好最好的人，但是我作为她的资深好友，觉得这些评价都太局限了。奶奶是个超酷超跩的老太太，她不爱搬凳子出去和大家聊八卦，也不是闲在家里和小孩斗智斗勇的那种人，一天的生活能被她安排得满满当当的。早上起来买菜做早饭，大家出去忙之后，她一上午都用来看报看杂志，还做读书笔记那种。下午会带我打羽毛球，或者教我打“争上游”。我相信全家人只有我最清楚奶奶的神秘兴趣班。她练过毛笔字，打过门球，学会扇子舞，上过老年大学的英文班、计算机班，还参加过合唱队咧。当初我就跟着她去院里的“老干部活动中心”看他们练歌，还满屋子疯跑。到现在我几乎问过每个人，他们唱的那首“刀叉鸡尾颜，隔通太平山”是什么歌，没人说听过。可是奶奶他们明明就是唱着这首歌拿到亚军的啊。

她是到了我初中都能帮我做物理作业的人。可是这些从来没人知道，她也没向任何人炫耀过。或许每个奶奶都是神秘的隐世大侠，个个是有故事的女同学，也有一身武艺；现在都只是每天在厨房里，把食材码好，烟盒剪开，用钢笔在背面写大米、小米、茶叶、酱油，一一贴在那些用过的零食罐上，哼着“刀叉鸡尾颜，隔通太平山”——用这些琐碎之事，掩饰自己是太强大的存在。

2

每年在爷爷奶奶家过的生日，奶奶一大早都会给我下一碗面条和准备十块钱。我当时不知道吃面条是什么意思，还不能咬断，很是麻烦，但是收到钱还是高兴极了，小心地把钱放在最喜欢的透明笔袋里。上学后住爸妈家，我竟然还能为了那十块钱，一大早骑着好孩子童车，骑五站路跑去爷爷奶奶家。一进门，发现奶奶消失了，餐厅就剩我一个在吸溜面条，心里就巨开心，知道是给我拿钱去了。

后来变成十五块，二十块，三十块。我就这么一直存着，存到了一百五十块巨款，才一起花掉。买了什么，我真的不记得了，但一定是很重要的东西，因为在爸妈家，只要和他们闹不愉快，又不能骑着好孩子童车找爷爷奶奶的时候，我就会抱着那个透明笔袋里的钱大哭。小孩子，很幼稚的，好像那样就知道了，世界上谁才是对我最好的人。你们对我不好，还有他们呢。

奶奶几乎是我整个成长过程中的避风港，有什么破事就去找她，一进门总能吃到我最爱的酱油炒饭，之后是山楂糕、切好的水果。嗯，奶奶的一项特异功能就是任何剩饭都能混着酱油，炒出天下最好吃的味道——像土豆那种深深的红褐色，浓浓的酱油味，是最治愈的食物，除了在奶奶的饭桌上，我再也没见过。哪怕过年去姥姥姥爷家弄坏了东西被骂，也会晚上趁着大人看春晚，打电话向奶奶哭诉，外面一片喜气洋洋，我就抱着电话说好想你哦。真是又搞笑又肉麻。

我和奶奶的关系一直很铁，就吵过几次架，原因都记得。一次是因为大院儿童帮派斗争，我也跟着一起排挤小朋友，奶奶觉得这件事是非常严重的，可能“文革”的时候她和爷爷都成分不好，活得小心翼翼，特别不能接受这种事情的延续。我爸小时候，有次和同学抢报纸，不小心把报纸撕坏了，某个大人物裂成两半。这么一件小事，让奶奶不安了好久，各种上门送礼道歉，拎着我爹巡回殴打，希望大家千万不要揭发他。都八十岁，她所有家务还是亲自做，衣服手洗。叔叔说，请个钟点工又怎么了？奶奶寻思半天，跟叔叔说不可以，万一哪天世道不一样了，当时被批斗就是因为家里请了长工帮忙。叔叔头顶三道黑线，也解释不清，没有什么能对抗她牢牢的价值观。上学后，有时爸妈不在家，奶奶来看我，我的同学都爱死她了。她是全家对任何同学最热情的人，哪怕那种鼻涕都擦不干净的小男生来家里，我都嫌弃，她用热毛巾帮人家擦脸，带着我们一起做作业、吃零食、看电视剧。无论多小的小孩，都会吸溜着鼻涕，好认真地跟我说，你奶奶真好啊。我心里想的是，下次奶奶不在，我才不给你开门呢。

还有一次，是我弄丢了一个电子日历。我妈单位发了一个小小的电子日历，很像文曲星那种，我出去滑旱冰，带在身上嘚瑟，各种假装文曲星，别人一要看，我就赶快收起来，生怕暴露。后来弄丢了，我很紧张，想假装这件事没发生过，还是被奶奶发现了。问我电子日历呢，我说丢了。她问我：你找了吗？我说：没找，反正是单位发的，也不是真的文曲星。没想到她勃然大怒，说：你怎么能这么不珍惜东西啊，轻轻松松说丢了，找都不找！黑灯瞎火拿着手电，带我去滑旱冰的院里搜寻。我那段时间是叛逆期，对她一贯的过分节约完全不能理解，她在那里找，我就在一边臭着脸跟着。爷爷奶奶节约到丧心病狂，我们家院子里的辣椒可以挂十年，爷爷睡觉穿的白玫瑰牌背心比我年龄都大，大个的可乐雪碧瓶子都要留下来装水，冬天放在暖气片上，烤热了洗脸用。家里洗完脸的水用来冲马桶，淘完米的水用来浇花，任何一样东西，都能被他们废物利用。虽然这样，家里所有的东西却还是整整齐齐，干净体面，都是拜很会生活的奶奶所赐。

妈妈和婶婶收拾奶奶用过的东西，发现几乎所有内衣裤、袜子都带着补丁，一边收拾一边哭。那些每年送给她的羊绒衫、羽绒被，都整齐码好，一次也没穿过、用过。她六十大寿，叔叔送她和爷爷一人一件鄂尔多斯羊绒衫，之后每年过年、过生日，他们就跟战衣一样穿那一件，到现在还跟新的一样。后来我妈说，这是他们的习惯，你不知道那个时候养你叔和你爹这样两个儿子，每天光吃饭就够发愁的了。

可就是这样的奶奶，第一次去香港旅游，却给妈妈买了金项链，给爸爸买了金戒指，给我买了金表。那是我人生中第一次拥有金子。我们来上海买房，他们第一时间打电话来说，跟银行少借点，我们有钱给你们。然后我每次回去看他们，教育我的主旨就是爸妈现在还在还房贷，千万要保持节约美德，以至于高一暑假去欧洲看我爹，在安德瑞普我妈想买个钻石，我百般刁难，心里想的都是：啊，还没还清贷款呢，要节约啊。

我现在出去吃饭，发现同桌的朋友没喝完饮料，都直接拿过来喝掉。

想想看，支撑着我成为一个好人的东西，对人的同情心，基本源自奶奶。我总体来说是没什么道德观念的人，能交到朋友，生活得不错，也就靠着这么一些处事的底线。还好从小在她身边长大，善良的种子埋在心里，让对恶习无师自通的我，也变不成太坏的人。

3

小学三年级，爸爸就去上海了，妈妈也到上海进修，我这个 bad girl 又开始被奶奶接管。她坐公交车往返我家照顾我，回去后还得给爷爷做饭。我觉得爸妈养我有几次超级好运，就是我生很严重的病的时候，他们竟然都能逃过，全是爷爷奶奶在照顾。那年我得肺炎，大半夜带着我去医院，陪着打了半个月吊针的都是奶奶。

上个月我就在想，为什么让八十岁的奶奶得肺炎呢？为什么不能选我呢，为什么不能？

爸妈不在，我就不回自己房间睡，每天晚上都爬到奶奶床上，和她一直聊天到睡着，还养成一个坏习惯，让她在我背后写字，才容易睡着。如果睡不着，我会捏一下奶奶的胳膊，让她再陪我玩一会儿。长大后睡不着，我却再也不可能找到人陪我失眠，陪我再玩一会儿。

那个时候家住在六楼，五楼有一个平台，楼下的邻居在阳台搭了一个斜斜的、绿色的塑料棚。我几乎每天都在幻想，到底有什么机会能滑一次那个棚，跑到平台上。终于有一天想到了办法，就在睡觉的时候跟奶奶说：奶奶啊，如果哪天家里突然来了歹徒，我们就顺着那个棚跑到五楼哦！奶奶听了就咯咯笑，想了想说：哪天要是真的有坏人，你要记得这么跑啊，我就跟他们拼了。我说：不行啊，你要一起跑。她说：我就一条老命跟他们拼了，你才有时间跑啊。

这件事就算十岁的我，都 get 到了矫情的程度，从来没跟人讲过，这是第一次说。当时我背过身，抱着被子，就有点难过。我不想这样，我不希望这个世界上只有我，没有奶奶，当然要一起跑啊。

4

想着要写欢快一点，要讲一件事，证明我是她最好的朋友。爷爷一直是我爹和我叔的“公敌”，资本家大少爷那种龟毛遗风保留终身，吃饭坐座位要讲究，写信格式要讲究，看书写字要讲究，我高中时候回去过年，他都能和我爸吵架吵到我爸离家出走。其他规矩是，十指不沾阳春水，严以律人宽以待己。奶奶就在这种高压政策下，伺候了爷爷一辈子。小时候，有一次爷爷出去散步，奶奶忘带钥匙，甚至都不敢直接在门口等着，要不会被爷爷讲一晚上道理。她就带着我在操场一圈圈转。当时我不明白为什么不能告诉爷爷，所以在打开门后一瞬间，我便激动地告诉爷爷，奶奶忘带钥匙了！当时我奶奶估计万念俱灰了，说了句马勒戈壁。然后我又牢牢记住这句话，等到周末我妈来接我的时候，问我妈，什么叫马勒戈壁。我妈说，你哪儿学的？我跟我妈说，奶奶说的。

……

周一回到奶奶家，又到了晚饭后我们的操场娱乐时间。奶奶和我一起坐在双杠上，问我：你是不是跟你妈说我说了马勒戈壁？我说：是啊，我不知道什么意思。她叹了口气，递了根冰棍给我：是不好的意思，以后我不会说了，但是你也不能再出卖我。

虽然我又很想问，出卖是什么意思，但在冰棍的诱惑下，我忍住了。

现在再想那个画面，六十岁的奶奶，和六岁的我，坐在双杠上，啊，真是一个很萌的老少女呢。

还有一次，我的大龄宅男叔叔终于谈恋爱了，被我在院门口看到他和女朋友（就是我现在的婶婶）依依惜别，走一走扭一扭，再回头抱一抱，简直看呆了六岁的我。终于在这个循环中，叔叔注意到了我已经在旁边看得吃完了半包咪咪虾条，他一把推开女朋友，上前拎着我回家，路上在小卖部买了好多零食，跟我说：我交女朋友了，不能告诉别人哦。说句题外话，我认为冥冥之中，婶婶能成为我婶婶是有原因的，她是唯一一个素未谋面就给我准备礼物的叔叔的女朋友！！题外话说完了，我继续吃着咪咪虾条，跟我叔叔说：我忍不住啊。叔叔无奈，他说：那好吧，只能告诉一个人。当时我那个焦虑啊，那个惶恐啊，在妈妈和奶奶之间摇摆不定，比选美国总统都难：到底告诉谁？她们谁才是我最好的朋友，最值得信赖的人？！后来我还是选择告诉奶奶，并且跟她说千万不要告诉别人。接着，又到周末，我妈竟然给我买了薯片，我心里又是一阵内疚，和她关系也不错啊，就又支支吾吾告诉了妈妈。我妈问：那你还告诉谁了？

我好为难地说：我先告诉了奶奶……我妈说：那奶奶是最好的朋友吗？我拿着薯片急得都快哭了，真是太难选了，我才六岁，为什么逼我做这种选择！！这件事的终结是三天后，全家都知道叔叔交了女朋友。我叔叔再一次把我拎出来，说信不信我揍你。

嗯，现在想想，成长过程中，奶奶虽然是奶奶，可还是我最好的朋友，能占掉唯一一个名额的那样要好的朋友。

5

在回去济南的飞机上，我一直忍着，好像迅速加入了一个迷信的邪教，相信只要我不掉眼泪，剧情就不会到高潮，只要不到高潮，就还有转机。有些时候我心里会想，万一当时是突发状况，跟电视剧里那样，用除颤器压两下就好了，奶奶还能再活五百年。到了后半程，我都洗脑成功了，反复想着我爸当时说的那句话，好像是情况不妙，并没有说奶奶不在了，她一定还在，一定还在等我。

一下飞机，打通妈妈的电话，我第一句话就是问她：奶奶呢，我去哪儿找她？妈妈哽咽着，半天才说出来：太平间啊。

不是这样的啊，情节不应该是这样的啊。电视剧里这会是一个梦啊，会是一个励志故事，会是一个可以打败现代医学的奇迹。我挂了电话，啪啪打了自己两耳光，北风裹挟着沙呼呼吹来，场景没有变，我还在机场，手里还握着电话。那一瞬间，我终于大哭起来，在机场门口像是被人遗弃了一样。我再也没有奶奶了，再也没有了。

奶奶准备来上海治疗，爸爸妈妈已经准备好了床位，明明情况已经好转了，来之前的一天还吃了水饺，还说会加油的，就是在来上海的车上，奶奶走了。说真的，劝人想开的话，我比谁都明白，但还是很难释怀，心里像打碎了一个牛奶瓶，怎么扫也不可能扫干净。总觉得奶奶是千里迢迢来找我的，可是我作为她最好的朋友，都没有见她最后一面，很不够义气。

到了家里，已经来了吊唁的人，爸爸和爷爷在招待，大人们聊着不相关的事。妈妈在厨房帮忙做菜，我一声招呼都没打，就走进厨房，看到所有食材被摆得整整齐齐，挂着的围裙还是我小学时候在手工课上做的，一条给奶奶，一条给自己。我自己那条就用过一次，有一年春节包水饺，我假模假式围着和面，却用面当橡皮泥。洗手池上还挂着她用钢笔小楷写的鸡蛋的三种做法：1. 蒸鸡蛋时要用温水搅拌。2. 煎荷包蛋时，在蛋黄即将凝固时，可浇上一汤匙冷水，快熟后又黄又嫩。3. 煎鸡蛋时，洒几滴热水在蛋周围和上面，使蛋完整。一瞬间我就暴哭。她什么话都没留下来，这可能是写给不会做饭的爷爷的——鸡蛋是最容易的料理，她写的时候肯定想着爷爷这个笨老头是能学会的。拉开冰箱，里面有我喜欢吃的 QQ 糖、喜欢吃的果冻。每年春节，去到爷爷奶奶家，奶奶都会端出我从小就喜欢的各种零食。这些东西随时都有，她是觉得，我会随时回来吗？

再也不会有人在我离开家时，塞给我一个大润发的袋子，里面全是全国各地都能买到的山楂糕和各种零食。

我妈跟我说，不要哭，不是小孩了，大家都还在忙。我怎么都忍不住，憋了半天，说了一句话：奶奶好可怜，我们一直在麻烦她，她一天都没麻烦过我们。说到这里，我妈也跟着掉眼泪：她或许觉得已经到了上海，已经见到你了呢。奶奶是去好地方了，不要哭了。

我说不出“来上海这么多年，没有经常回去看看她”这种话，说了也没有用了。她一直都在我的心里、我的生活里，每天看表三次，系鞋带两次，尿尿五次，读字无数个，每一件都和她有关。很多人对我说，一看你就是在那种很有爱的家里长大的小孩。这个时候我才能懂，是为什么。看上去一身孤勇，天不怕地不怕，是因为你的存在，让我对世界有安全感。

可是那一天之后，我到底要怎么办呢？一瞬间我又胆小又脆弱，脑子里都在想，奶奶啊，以后我要怎么办啊？一下子，我那么熟悉的生活仿佛就变成全新的了，只是因为这个世界上没有你了，好像要重启一遍，规则推倒重来，再也没有人罩着我了。

我一个人出去，躲在门口，下着雨，刮着风，一时间无措到不知道干吗，甚至不知道去哪儿，就是一个六岁的、迷路的小孩。害怕到把手伸到包里乱摸，突然摸到有个我出门前塞进去的面包。想到去上海的时候，奶奶送我上火车，给我塞了一塑料袋这种小面包。我当时既着急又难过，要去到一个完全陌生的城市生活，之后可怎么办？奶奶把红色塑料袋在我胳膊上绕了两圈，说：路上饿了记得吃啊，吃饱了就没事了。然后拍拍我的脑袋，我就这样上了火车。二十五岁的我，把面包拿出来，使劲啃着，告诉自己：奶奶说，会有办法的，吃饱了就好了。

人和人的相处就是缘分吧。

大多时候，我想成为一个看似狼心狗肺的人，这样别人不会对我有过高的期待，我也轻松些。

奶奶啊，咱们是忘年老铁，你比我早来这么久，去下一个地方玩，肯定也要先去的。虽然或许会失散很久，很长一段时间内，饺子不会好吃，生日没有长寿面，没有人会在我背后写字，但是我知道，缘分很奇妙的，总会再相见。

我会好好生活的。你问我人间之后如何，我一定告诉你，挺好玩的。

一下子，
我那么熟悉的生活仿佛就变成全新的了，
只是因为这个世界上没有你了，
好像要重启一遍，
规则推倒重来，
再也没有人罩着我了。

我敢在你眼底孤独

by 张怡微

职业：写作

三十岁之后，我的肩颈出了不小的问题。经常夜里码字完毕，手臂就抬不起来了。我找了一家护理机构，得空就去做一下肩颈保养（虽然并没有什么大用），没想到为我贫瘠的社交生活增添了有趣的插曲。

给我做服务的护理师总是戴着口罩，她有双非常漂亮的眼睛，这在口罩的衬托下十分显眼。认识她以后，这项服务让我的词汇量增加了不少，譬如“闭口”“面部黑星”“阴鸷纹”……她一面给我上语言课，一面对我说了不少“你要对自己好一点”的贴心话。但我真正觉得贴心，是因为某次在我夸她眼睛好看的时候，她突然噗嗤笑了，说：“我新做的双眼皮，好看啊？”

“好看的。”我说，“我都没看出来是做的。”

她说：“哎呦，你一个女孩子怎么连这个都看不出来？像个男的一样。我们都一眼就能看出来客人脸上哪些是真的哪些是假的。”

我问：“那你按的时候会很注意吗，不要按到那些假的东西？”

她说：“那当然，但是有的客人会主动说出来，让我轻轻按一按。很好玩的。有的人很怕被看出来，有的人就怕你看不出来。”

我觉得很有意思。在说这些话的时候，她已经开始了工作。这是一项计时的服务，聊天也是服务的一部分。她的手非常柔软，也很温暖，会让人产生不合理的“信任”。我当然知道，这样的“信任”可能也是批量培训出来的。我只能勉为其难地感慨：培训的导向非常精准，效果也算不错。

日常生活中的“信任”有时候并没有什么道理，也没有什么“同舟共济”的远景。“信任”有时候是眼缘，有时候是一句话，也可能是陌生人手指传递的体温、眼底浮现的笑意。

严格意义上来说，我都没有见过她真容，更不知道她到底喜不喜欢这份工作，做了多久，还打算做多久。她问我的肩膀为什么硬得像块石头的时候，我说可能是因为天生的吧。她说：“哈哈哈！怎么可能？不过也有可能的。我按过一个更硬的。他跟你可不一样，每天什么也不干，也不打字。大概是命吧。命里注定肩颈很硬。”她仿佛和我很熟，但实际上她只是问过我是做什么工作的，我说我就是在办公室打字。

她并没有想象中的服务人员那么会讲话；但她讲出来的那些话，又都是可爱的，让人听了挺高兴。去年我在长途飞机上看了一部香港电影，叫《骨妹》，梁咏琪主演，讲澳门“按骨头”的姐妹们的打拼往事。表现姐妹情谊的中年危机片，我总是很喜欢的。那一刻我忽然想起了她。这种想起提醒我将她当作了日常记忆的一部分。开始附会，也开始体恤。

她偶尔会说起自己，但都当喜事来说。我听她说起自己的姐姐，美若天仙，后来去广州打工，嫁给了一个“普通人”。之所以这么说，是因为她从小被说没有姐姐长得好看，总以为姐姐会嫁给一个有钱人。没想到姐姐在广州当清洁员的时候，遇到了一个对她很客气的“上班族”。这位姐夫并没有什么钱，这令她感到失望。另一方面，她又觉得姐夫对姐姐很好，是个令人向往的“丈夫”。我问她姐夫怎么个好法，她说，姐姐说他会帮她按按肩膀。

因为她絮絮叨叨地描述着成长史，也描述姐妹互相观看的心路，后来我写稿就写到了李碧华的《青蛇》与琼瑶的《一帘幽梦》，写一对姐妹怎么互相模仿又互相竞争，姐夫是怎样的参照物。这很神奇，她居然对我产生了实质的影响，因为我没有亲姐妹，所以她提醒了我不少事。

她也曾说到自己一年只回一次家，又说每次回去都很想帮妈妈做一下按摩。她就是做这个的，可惜妈妈不要她按。她说自己家乡太穷了，一旦有了钱，就买东西，买东西要给别人看到才爽；但他们却不知道要做护理，因为护理是对自己好，别人看不到。她说：“所以你要对自己好。别人看不看得到，又有什么用呢。”

我们沉默了好一会儿，我对她说，我对自己还算不错。我是因为肩颈不舒服才来的，又怕医院下手太重，叫痛会被医生嘲笑。我很怕医生，所以我才到这里来的。我不是为了变好看才到这里来的。

她说：“你也很不容易。”我听了有点难过。

“我再多帮你按按。”她说。

从她那里我知道，现在做脸部护理的男人并不比女人少，整形的男人也不比女人少。很多男人甚至比女人更有耐心地对待自己的皮肤，非常专业地爱护着自己的皮囊。女孩子则都显得很赶时间，一走进房间就说：“那个，我只有一个小时，但我要做完全部的项目。我还有很多很多事要做。”男孩子会追问：“你觉得我的状况有没有比上次好一点？”她要顺着客人的话回答，以免被投诉。

“马上夏天了，”她问，“所有露出来的皮肤，你都不在乎别人怎么看吗？”

“嗯。”我回答。

“整个身体，你只在乎肩颈吗？”

“嗯。”我回答。（其实是没钱）

“那我告诉你，其实你也不是长得很难看。”

我就笑了：“那你能不能帮我挑脂肪粒？”她正帮我在颈部涂抹各种油腻腻的东西。

“嗯……我们规定不可以，但我可以私下帮你挑。不过挑坏了，你要自己负责的。”

“好。”我说。

“哎，还是算了吧。”她说。“我上周已经被客人投诉了。”

“投诉你什么？”我问。

“因为客人在护理的时候看高晓松，我就和她一起看高晓松，很好看的。结果回头她就投诉我不跟她聊天。”

“那我给你好评吧。你告诉我怎么评？”

“可是我们的系统只有投诉，没有好评。”她说。

Playground

日常生活中的『信任』有时候并没有什么道理，也没有什么『同舟共济』的远景。『信任』有时候是眼缘，有时候是一句话，也可能是陌生人手指传递的体温、眼底浮现的笑意。

SPECIAL

特邀

京都梦寻
…… 周云蓬

/

远不远
…… 陈鸿宇

/

Keynote ——

车摇摇摆摆咯噔咯噔的，比我走得快不了多少，走几步就停一站，有的站我来过，有的站连名字我都没听说过。

京都寻梦

by
周云蓬
歌手，诗人

我被尿憋醒了。穿上棉裤到外屋，提起那个臊烘烘的尿桶，准备撒尿。这时，全家人都起来了，排在我旁边，等着用尿桶。我越着急越尿不出来。梦醒了，庆幸自己躺在大理家的床上，卫生间里刚装好舒适的智能马桶，刚才的情景，是四十年前的童年往事。但是，我要写一篇文章，明天就要交稿，已经拖了好久了，跟尿不出来的焦虑差不多。

做梦为啥不用打草稿，自然天成，几分钟就有了个漫长的近乎荒诞的故事？那我索性就试着做个梦。

我是个失明人，到京都，想学习弹奏三味线。听说这里有位盲艺人大竹师傅，三味线弹得特别好。他有自己的庭院，还有专门的弟子鞍前马后地服侍着。我也想像他一样，掌握一门手艺，好好地过日子，将来讨个老婆成个家，那多好。

我这次来京都，专门为了寻访大竹师傅。我先到祇园住下，这儿可以见到很多艺伎，大街小巷也有一些表演场所。我想应该能在这一带寻到大竹师傅的下落。

樱花还要过一个月才开放，这时的京都人不多。

我先去六波罗蜜寺参拜辩才天。辩才天是一位掌管音乐文学的女神，也分管财运。我按照规矩，进山门，洗手，恭敬地来到辩才天像前，奉上五元硬币，拍手请神，恭敬礼拜。然后把一枚方孔钱在神前小心清洗，放在身上，带走。这就是我的护身符，它会保佑我顺利找到大竹师傅，学会弹三味线。

大竹师傅在哪里呢？我到居酒屋询问，向路上遇到的艺伎打听，无果。有一天，我沿着鸭川散步，听见一位老者唱年代久远的和歌，歌声凄婉绵长，若有所悟。我伫立倾听，等他唱完，赶忙上前鞠躬问询：是否认识一位弹三味线的大竹师傅？真是幸运，他竟然有所耳闻。他告诉我，很多年前，他在清水寺门前，听过一位盲艺人弹三味线，姓名忘记了，估计是我要找的人。我千恩万谢之后，马上赶往清水寺。

清水寺大名鼎鼎，我当然早有耳闻。一路上山，两旁都是卖油纸伞、卖抹茶的小店铺，穿着木屐的女子欢笑着“嘚嘚嘚”并肩走过。进入仁王门，我想应该先礼拜一下。我跟随人群走入一间殿堂，沿着楼梯向下走，手扶住身侧倾斜的绳索，一步步往下。据说，走入地下某处，会有一束光透过缝隙照见菩萨的名号，在那里祈求最灵验。我紧跟着前面的人，一步步向下，到下面完全黑暗，这时我倒自在多了。黑暗对于我是日常生活。

等到前面的人停下，口里念念有词开始许愿，我判断，菩萨名号处应该到了。我也双手合十，祈求菩萨帮我这可怜人实现愿望。等我随人群走上地面，听见人们长出了一口气，估计大家又看见日光了。可是我还得在黑暗中长久地生活，慈悲的菩萨你显显灵吧。

再向后走，就到了清水寺著名的地主神社，那是京都求姻缘最灵验的所在。每逢节日，全城的少男少女都来许愿。今天，既然来了，我也想求一下。本来学三味线，学好了，最终想靠这门手艺娶个好老婆。所以，求姻缘跟找师傅的目的并不冲突。我到神社前，虔心礼拜，默默祝祷：给我一个好老婆，比别人的差一点也可以；就算不学三味线，直接有个好老婆，也可以——不是也可以，是更好了。不用爬台阶就到山顶，正是我所愿。

这时，我遇到一位庙里的和尚，他见我一个盲人，礼拜如此虔诚，就好心地过来询问有什么诉求。我没好意思说想娶老婆，想起来此行是要寻找大竹师傅，就问他是否见过一位盲艺人，弹三味线的。

这时菩萨显灵了，他还真知道。据他说，很多年前，大竹师傅是在清水寺门前表演，很受欢迎，每回都能收获善男信女的钱财资助。他身边常有个女子，带他走路，帮他收好观众撒来的钱币。后来，听说那个女子与他发生了争执，好像是男女情感上的纠葛，之后只能看到大竹一人拄着盲杖来表演。再后来，善男信女的资助渐少，大竹有点心灰意冷，就去岚山的寺庙出家了。

那现今他还在岚山吗？和尚想了想说，年深日久，没有消息了。唉，菩萨到底啥心意嘛，看起来我还要去岚山走一趟了。

我爬上去往岚山的有轨电车，摸索到一个空位坐下。车摇摇摆摆咯噔咯噔的，比我走得快不了多少，走几步就停一站。有的站我来过，有的站连名字我都没听说过。

过了二条城，上来几个女生，唧唧喳喳地挤到我面前站着。车窗外，已经有了几分春意。大概这些女生是去城外郊游的。

车一个急转弯，车身剧烈地晃动起来，一个说得正开心的女生站立不稳，竟然一下子坐到我腿上。车还在摇晃着，女生惊慌地挣扎着想站起身，反倒跌入我怀里。我下意识地去扶她，感觉她穿的应该是和服，头上插着一朵花，身体散发着瑞香花的气息。终于车身平稳了，终于她从我腿上站起来，我还没顾得上听她说道歉的话，竟先脱口而出：谢谢啦。

这是真心话。我这个没眼人，从来没触摸过陌生女子的身体，何况是这样坐进我怀里，花一样的年轻的身体。

感谢清水寺的地主神社，这么快就应验了。菩萨到底是慈悲的，虽然只是一瞬间的欢愉，可对于我这可怜人来说已经足够了。很多人厮守一辈子，不也是同床异梦，最后劳燕分飞各奔东西嘛。

我双手合十，默默沉浸在这短暂的欢喜中，鼻孔里还残留着瑞香花的香气。岚山站到了。

我走上竹之道。通过自己脚步声的回音，以及皮肤对温度的体察，我觉察到两侧的竹林遮天蔽日，鸟儿在高处扑棱着翅膀飞来飞去。拐上一个山坡，一直向上，我走到山顶的观景台。山下是峡谷，山对面传来悠悠的三下钟声，那儿一定是个寺庙。我又转身下山，走到河水边，这里应该是桂川，我听到河水上有划船的桨声。

我沿着桂川往回走到渡月桥，过桥来到河对岸，再沿岸边向山里走。一路上坡下坡再上坡，越走地势越高，爬了一大段石阶，找到了山门。里面果然是个安静地隐蔽于山中的寺庙。

寺中的和尚见我身体有障碍还能走上来礼拜，先递给我一瓢泉水。

此时我也真渴得嗓子冒烟了，嘟咕嘟咕地一口气喝干，再连忙鞠躬致谢，说了我的来意。和尚沉吟片刻，说大竹的确在此出家，出家后法号是崇光，不过很遗憾，他前几年圆寂了。我听闻噩耗并不怎么沮丧，一路找过来，历经波折，我已经对此行的得失看淡了，只是觉得身体疲倦，心里却似乎很平静。

和尚为了安慰我，说：大竹生前弹的三味线在庙里，他可以拿来让我抚摸一下，也算我不虚此行。他回房间拿出那把三味线，擦拭干净，交到我手里。我还不会弹呢。琴弦已经很旧了，斑斑驳驳的，我左手随意按在琴弦上，右手拨弄几下，叮叮叮的琴声细微凌乱，我想我再也没机会学习三味线了，这可能是此生第一次也是最后一次触摸它，不禁悲从中来。我又拨弄了几下，左手煞有介事地移动了几个位置，声音有所变化，不过还是很胆怯很自卑的叮叮叮的几声。这个乐器就是为卑微的人发声的吧。那些不足为外人道的小小的心酸渴望、求之不得、辗转反侧，注入这琴弦，暗暗地向自己的内心回溯，一小点悲苦加上一小点喜悦，将是我一生的总和。我一下子懂得了三味线的真谛，虽然我还不会弹。这也算菩萨慈悲的点化吧。

和尚接过三味线放回去，他告诉我，崇光葬在附近的嵯峨野，如果我还有力气，可以去祭拜。我万分感谢，准备离开下山。临走，和尚询问我的属相，得知我属狗，送了我一串阿弥陀佛的手链。他嘱咐我，阿弥陀佛是属狗人的守护神，人生不如意十之八九，阿弥陀佛的极乐世界才是永恒的乐土。我闻了闻手上檀香木的手链，再次鞠躬感谢。

转身出寺，循原路下山。来时桂川在右，回去桂川在左。过了渡月桥，我返回对岸，走了不远，到了嵯峨野，那里漫山都是墓园。守墓人不在，无从询问，我只能盲目地走走，随手摸摸路旁的墓碑，有的碑石上字迹模糊，有的长满了苔藓。我根本就不可能找到崇光的墓了，到此也就是给自己一个交代罢了。黄昏降临，暮色四合，空中有晚归的鸟儿鸣叫着飞过，更多的是乌鸦，呀呀呀的沙哑的叫声，让人倍感荒凉。

我想起另一个梦：在东北沈阳的铁西区，电线上停满了乌鸦，一排排的，一动不动，忽然“呀”的一声一起飞起来，像一大片乌云扑向高处的烟囱，融入滚滚的黑烟中。还有一个梦，大理苍山下，有一种鸟儿，叫声和猫叫一样，喵喵喵地飞过头顶。

千山万水地寻找老师学习演奏三味线，出人头地后找个好老婆，这些愿望只需变成一只鸟就能实现了。鸟儿躲进茂密的树叶间，快乐地交配，等事情结束了，站在枝头幸福地叫一叫，不用调弦，无须练嗓子，自然而然地发出声音，呀呀呀也好，喵喵喵也好，把心里的喜怒哀乐叫出来，千回百转，一鸣惊人。人间的琴师，穷尽一生的技艺，也难以企及。

可是怎样才能成为一只鸟儿呢？死去、转世、投胎，还是做梦化身为鸟儿不再醒来？挣脱此间黑黢黢的破壳子，轻身一跃，飞向高处，江河湖海尽收眼底。那就是阿弥陀佛的极乐世界啦。

2018 年 4 月 12 日

写于大理

Playground

菩萨到底是慈悲的，
虽然只是一瞬间的欢愉，可对于
我这可怜人来说已经足够了。
很多人厮守一辈子，
不也是同床异梦，最后劳燕分飞
各奔东西嘛。

远不远

by

陈鸿宇
音乐人，众乐纪勤杂工

“我看啊，内蒙草原至少有四种性格，一年四季。”

“是，不过你把‘内蒙草原’替换成别的地方也适用。你看车外枯黄和嫩绿色的融合，像不像软件调色板里的‘文艺绿’？”

“不像。今年巡演咱也算告一段落了吧，感觉怎么样？”

“整体挺好。剧场嘛，没走过，大都是新体验，但也有点疲。”

“疲什么，从 Live House [1] 进剧场了，声光电搞起来，观众也不少……（啪！）五月蚊虫都活了……”

“我开下空调，凉了就飞出去了。这次事务工作都是团队在做，路上不用再搭车、开车地折腾了，我只需要演出。按本职工作来说吧，确实，我演好就行了。”

“那你疲什么？新派足疗去多了？”

“滚。我的意思是，我只剩下演出了。”

“嗯？哦，相较你前两年搭车、开车巡演，确实路上有意思的事少了点，但阶段不同。进了剧场，演出升级了啊。音乐剧目的编排、演出完成度提升，

1、Live House：小型的现场演出场所。

您这是在音乐路上渐行渐远。”

“词语用得不对，这叫音乐之路的延伸。音乐人经验渐长，演出本身提升是应该的。这次巡演最快乐是在半年的筹备期，一切未知，琢磨方案，畅想现场效果。就像往年在巡演路上的折腾，身体劳累，消耗的能量都补给精神了，让我更蓬勃地演出。但越往后演，当一场场演出变成标准流程时我产生了自我怀疑：坐公共交通工具，在规定的时间出现在规定地点；演出中，剧场环境类似，流程一致，有数次我都对自己在哪个城市感到恍惚。”

“为什么自我怀疑？巡演一圈走下来，你看站与站之间还能像你搭车或开车那么随意吗？连接紧密，没有时间的。”

“确实没时间，而且保质保量的演出就应该这样，这是对观众负责。巡演团队需要在短时间内集约化工作，战线不能拉得太长。艺术表达是个性的，词曲创作是‘一次性的个性表达’，这绝对无法流水线作业。但现场演出是‘标准化的个性表达’，可以在一定规矩内批量诞生。高中时看音乐杂志，一个乐队在外巡演了半年，把主唱巡出抑郁症了。我当时想：这事儿逼，巡演多有意思啊。现在理解一点了，可能就是标准化打败了个性化，或者说两败俱伤，让他没法儿保持自我平衡，抑郁了。”

“听起来有点像身已远，心未动。”

“心未动是心肌梗塞。我想说的是，如果演出时我的心没远，那么这个时候，我所呈现出来的个性演出，对观众来说还是真正的个性化体验吗？”

“是。我打个比方。第一个发明套娃的叫创造，但别人拿到手里的已经不是当初创造出来的第一个了，那还叫创造吗？还是创造，只不过这个时候创造的主体变了，变成了第一次拿到套娃的人，套娃带给了他们崭新的情绪：‘wow，原来里面还有一个……wow，还有一个……’之前边走边玩的巡演就像你个人的身远心也远，不停发生的新事情就像不断地创造套娃。剧场演出像观众的身远心也远，因为不管你演了多少次，对大部分观众来说都是第一次看到套娃。”

“有道理。调音时唱歌容易动情，因为场灯全开时，我能看到台下某个坐在台阶上歪着头的伙计，可能是疲惫的场工，可能是穿制服的保安，我感受得到他在听歌。我为他创造我此刻的声音，他为我带来他此刻的心绪，我们连接了。”

“哇，美妙的感受。感受到连接，就感受到了存在。就像现在，我吃着五月的风，太阳还剩一点点光，这小虫子爬在我皮肤上的触感，都无比真实。它刚才好像咬了我一口。”

“多放几只小虫进来，让你时刻感受存在。感受外部世界的连接，和感受跟自己的连接，这两个说不清谁先谁后。我极偶尔会突然对镜子里的面孔感到陌生，开始仔细观察自己脸上的每个细节，有时还会有精神离地三尺观察肉体行动的感受。那些时刻一切都仿佛是慢动作。呼吸慢，冷静且放松，周围每个声音的来源和层次我都听得清清楚楚，远近高低，大小各异。迎面走来的行人也自带了速度公式，我虽然慢慢地走路，但如果迎面而来的路人拿着的水洒了，我深知自己一定会敏捷地避开，面不改色心不跳地避开。你感受一下。”

“上学时修仙小说看多了我也这样。黑帮小说看多了我还老觉得自己是大哥呢。”

“你这损样当不了大哥。由此及彼，演出时也是，我不能总意图从别人、从即兴事件中找精神补给，歌经由嗓子发出来，它已经不属于我了。但在声音传播路径上讲，我又是第一个听到的，所以在第一时间它又重新属于我了。我去感受，今天气泡音少了些，鼻音蹭进麦克风里增加了些低频，唱到这一句时脑中画面是新的。和全新创作的音乐相比较，这些重复性的片段，想每次都觉察出新鲜有些微妙，较难。花草树木皆世界的乐趣由此而来，我很有可能将会成为佛系歌手。”

“你说的倒让我想起有些出远门旅游的人，人开不开心不知道，手机是挺幸福的。跑到天涯海角、异国他乡，还天天摸着手机，自拍、聊微信、刷微博。我还听说有一位去了泰国哪也不去，在酒店里刷剧，说怕晒黑了。远行过的证据是照片，美好片段都让手机先体验。手机快作为人体器官的一部分了，但过于强大，其实在剥夺其他感官的体验额度。”

“嗯。夏天我要做个实验，找一独处之地，关闭部分信息输入端口，主要是手机。肯定有无聊和焦虑发生，允许它们发生，挺住，看看会发生什么。”

“孤独的诱惑，喜恶不得。”

“心远地自偏，坐地皆远游。”

“不扯淡了，费脑。空调我关了啊，慢点开，咱多吹会儿自然风吧。”

观点

Q&A

你有哪些通过自我修复来度过艰难时光的经历？

Question

A

Answer

@ 鱼岛主人 miaomiao

大多数情况下都是要靠自我修复的。别人不懂你为什么为一件小事茶饭不思，也不知道你内心多么翻腾。只言片语的安慰只能暂时缓解不安，自己上的锁只有自己才能解开。

@ 半纸 zZZ

听歌，喜欢一个明星，多清理东西，不需要的东西全都不要了，一个人暴走很长的路。另外，你要相信一切都会慢慢好起来的。

@ 十一月没结局

一开始觉得自己也没什么方法，就是慢慢地就好了。直到痊愈之后发现自己已经胖得不行了，才晓得，原来是吃让我度过了那段艰难的时光。

@ 张寒寺

2014 年春，分道扬镳之后，靠写故事自娱来转移注意力，一直转移到现在，连职业方向都转移了。

@Mis 五月

去大山里面，每天睡到自然醒，晚上围着火塘烤火。

A

Answer

@ 阿楠吼吼吼吼猴

艰难时光谈不上，不开心的时候就大家出来玩儿吧。back to extremely social life. 想起来那天晚上跟小磊小慧儿出来喝酒，我说最近总出来打麻将唱歌吃饭，现在居然半夜喝酒烤羊腿。小磊告诉我，亲爱的，你只是回到你正常的生活里了啊。

原来大学四年单身的我都是这么过的。

@ 章台柳柳

第一次高考落榜，换了一个新学校去复读，周围全是不认识的人，自己一个人在外面租房住。每个周末的傍晚，一个人散步，走很远很远，再走不同的路绕回来，回来以后写日记，记录途中所见。考砸了会一个人去爬山逛街。有时周末不想学习了，也会去新华书店的角落坐一天。那段时光真是一个人的罗曼蒂克。

@December- 宇

睡一觉可以解决一半的烦恼，剩下一半醒来再想怎么办。

A

Answer

@ 大可爱 s

一段时间里整个人状态特别差，一个人在寝室压抑得不行，崩溃到两三点开始痛哭，一度怀疑自己得了心理疾病。后来有机会自己去找实习工作，生活状态完全颠覆。刚开始的日子里经常自己偷偷地笑起来，跟着朋友早睡早起，开始跑步开始锻炼。终于明白，要去主动地改变现有不安的状态，安全感是自己给自己的。

@ 任性学 _

“这漫长的人生啊，没有皆大欢喜，只有自我修复。”（by 扶南）说说怎么自我修复吧。买自己想买的东西。出去逛街回来顺手买一束花，能慢慢盛开的那种。早点睡早点睡早点睡，好好保养皮肤和头发还有身材。根据自己的兴趣和心情，画画，学乐器，或者写故事，还有运动和吃。这些都做好，还有什么烦心事呢。

@ 很高很高的高跟鞋

一个人用自己喜欢的歌曲伴奏跳舞，不管动作美不美、套路对不对，哪怕是瞎比画。

A

Answer

@ 就是朱波

一个人走了很远的路，换了工作，换了住的地方，换了头像，删掉了之前所有的记录，尝试一个人去做很多事情，去夜跑，去图书馆，去学习做菜，尝试去认识不同的人，最后发现，只是越来越认识自己，越来越知道自己要什么。

@MiCorebec

分手之后学会了他身上克制的优点。每天限制自己想念他的时间，在规定时间里想念变成了一件美好的事。有时候在该要工作学习的时候忍不住想他，就会小小地自责一下，然后又觉得无比心酸。他离开了，我想偷偷地拿走他的一部分，于是选择了他的克制，却连每天思念的时间都不能由己。所幸，时间终于冲淡一切。

@YuZwMeier

闭着眼一条道走到黑。这种时候其实什么也不想做，发发呆就挺好的。鸡汤给人的心灵震撼只是一瞬间的事情。

A

Answer

@ 瑗 answer

唯有美食与爱不可辜负。和初恋分手之后，大多数课余时间都泡在厨房里，零花钱全部用来买食材。西餐中餐还有艺术摆盘和创意菜，现在无师自通。一个人过得很好，满满的成就感，就不记得曾经因为什么难过了。

@ 人生是场回不了头的流浪

船到桥头自然直，所有熬不过的时光，
回头看也不过如此。

@ 桔梗少侠

死磕硬熬。

@ChiaHui-

想干吗就干吗，自己吃饭逛街看电影泡书店图书馆，好好工作，假期独自旅行，多发现大自然奇妙的规律，看到原来大家都是这么平凡地活着，原来我也只是其中一粒尘埃，没什么。生活也许平稳或者骤变，生命都只有一次，不要不开心，就这样。

@ 走向人生癫疯的医生

有什么是撸串不能解决的？一串解千愁。

@ 荒芜的狗

扔东西。定期扔东西。

如何看待“眼前的苟且”？

Question

Question

@门边海 ——— 问

如今放眼望去，遍地都是“诗和远方”，我很好奇：大家考虑过“眼前的苟且”的感受吗？
我们应该如何看待它？

A

Answer

@熊德启 答 @门边海

“生活不止眼前的苟且，还有诗和远方。”

这句话本意大概是鼓励人积极上进、怀抱理想，但不知是因为生活压力太大还是什么别的原因，越来越多的人把这句话来当作逃避的借口。

当然，从句子本身来说，它存在一个巨大的误区：它让你以为，你可以在拥有“眼前的苟且”的同时，还拥有“诗和远方”。

以至于一些梦想着“诗和远方”的年轻人，在“眼前的苟且”还不是很“苟且”的时候，就去写诗了，就去远方了。

这其实很可笑，随随便便就能有“诗和远方”，谁还要眼前的苟且？

回来一看，爹妈沉默，考试挂科，电话欠费，房租到期。

结果错失了陪爹妈的时间，耽误了考试的复习，写诗没赚到钱，去远方的机票还是全价。

这么说来，这句话错了？

那么我们来看看这句话的出处，高晓松老师。

如果你去百度一下他，你会发现，他可能是你所知道的人里最没有资格说这句话的人之一了。

出身名门，少年成名，周游列国，闪婚闪离，自编自导拍电影，移民混迹好莱坞，从小到大，哪里有过苟且？全是诗和远方啊！

当然，这句话的出处实际上并不是他本人，而是他妈妈。

于是又回到一个愤世嫉俗的话题，这哪有可比性？我生得不好，我不是富二代，我还没才华，我还没关系，我妈也没有从小教育我诗和远方，我就剩眼前的苟且了。

马化腾初创腾讯前，四五个朋友凑了一笔钱，据说大概有五十万，大家商量，是均分买房付首付，还是办个公司创业。

这两者，哪个更“苟且”呢？要知道在当时的中国，还不是全民创业，满地融 A 轮，上市套现、买游艇的年代，那时的创业，是一条当孙子的路，而买房或许很快能当上老子。

故事大家都知道，他们选了一条苟且的路，从苟且里走出来当今中国最大的诗和远方。

去看看他的选择，那是心里揣着诗和远方，选择了眼前的苟且。

换到如今，有多少人根本不顾眼前的苟且，只为了去一趟所谓的远方？

这是悲哀的，是更大的苟且。

所以，这句话说到现在，应该反过来说了：

别忘了，生活不止有诗和远方，还有眼前的苟且。

天赋异禀也好，命运不公也好，对任何人来说，眼前的苟且都是通向诗和远方的道路，你不脚踏实地走好它，你的诗和远方永远也到不了。

一个人需要走多少路
才可以被称作男子汉？

Question

Question

鲍勃 · 迪伦曾经唱道：

“How many roads must a man walk down，before they call him a man？”（*Blowing in the wind*）

一个人需要走多少路，才可以被称作男子汉？你怎么理解这句话，以及关于“成为男子汉”这个话题？

A

Answer

@Johnny 晨一路向北美

没跨过山河大海，只见过人山人海。

@ 穿毛衣的鲤鱼

一个人从上海走到拉萨，没有成为男子汉，却成了女汉子。

A

Answer

@ 半个四又二分之一

想起麦克白那句："I dare do all that may become a man. Who dares more is none."

（只要是男子汉做的事，我都敢做。没有人比我有更大的胆量。）

@ 将某某

我觉得无论你之前喝过多少酒，抽过多少烟，只有你从你父亲手中接过一杯酒、一支烟，得到你父亲认可的那一瞬间，你才是这个家的男人。

@ 你是浪纸别泊岸

今年开始旅行，一个人搭车走过很多地方。一路上的各种突发状况让我成长，不再害怕孤独和夜晚。现在跟一个驼队走丝绸之路，旅行还在继续。

A

Answer

@ 顶蘑菇的小马里奥

从吹牛皮到懂得沉默。

@ 八狗兄 -

不懂对女人好，走到火星去都算不上男子汉。

@ 坏老爸

成熟的一个标志：不是因为想经历一些事而选择旅行，而是默默地每天挤一个多小时的轻轨上班。

@ 胖仓鼠小姐

大家的回答都好治愈，我只想说：有老婆。

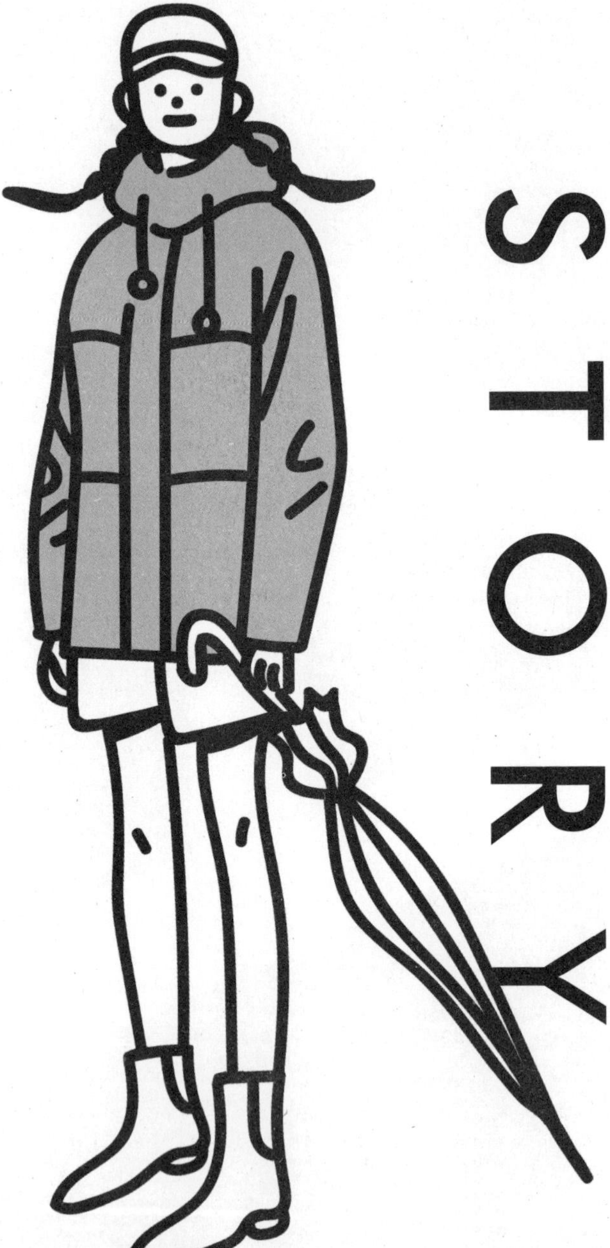
STORY

故事

Keynote ——

你梦里那个人生是什么样子?

看不见彩虹的人

by 陶立夏

作家、特别会拍照的译者

分手后，顾林与前女友林冉依旧去同一个健身房，看同一个牙医，只是再没有相遇。他的心还在隐隐作痛，像背上因为用力不当而拉伤的肌肉。但当一个人有意回避另一个人，总可以做到。

分手是件麻烦的事情，与结婚比又轻松许多。不用去酒店试菜，不必和婚庆公司开会商议婚宴细节，周末也不需要去选家具。再没有五十余年的共同生活在前面等你参与。如突然卸下沉重的行李，漫长的旅途终于到终点，可以摊开手脚长吁一口气。

只是这自由有些空，让顾林茫然。他觉得自己是一个被临时通知下车的乘客，站在终点站之前的某个陌生站台不知道该不该等下一趟车，路有点远，天色不明。

重又一个人住之后，顾林惊讶地发现原来“空”也有味道，微苦又有点凉，像揉碎的薄荷叶。这空的味道是从客厅的餐桌开始慢慢散发的，稍不留意就从鼻腔一路到肺。过去餐桌被征用为林冉的工作台，上面堆满各种布料、辅材和图纸，渐渐地顾林都不记得桌面的颜色。平时他们就在厨房的料理台上吃饭，常常是外卖，匆匆吃完，将塑料餐盒丢弃，不用洗碗。即便如此，林冉还会抱怨：“人要是不用吃饭该多好。”在一个事业蒸蒸日上的服装设计师看来，灵感远比温饱重要。

如今，林冉搬走，那些布料辅材也随她一同消失，这张六尺长的樱桃木长桌就显得格外空荡。顾林看清楚久违的桌面上那些迷宫一样的木纹，依旧在厨房吃外卖。卫生间也空阔了许多，水槽边没有了各种颜色与味道的瓶瓶罐罐，只剩下一柄牙刷和一罐剃须膏。

“她居然带走了牙膏。”总裁秘书打电话来通知他去纽约出差的时候，顾林忍不住在挂电话前这样诉苦。有才华的人大都自私，倒也不是故意想如此无情冷漠，只是他们对比自己逊色的灵魂没有什么兴趣。对无用之物视而不见，才能满腔激情地去做精彩之事，但曾经林冉也爱把两个人的名字连在一起读：顾林冉，顾林冉，顾林冉——像在呼唤一个并不存在又无限珍惜的人。好像他的名字早就注定了是她的姓氏。这份柔情缠住了他的心。彼时林冉刚大学毕业，留学回国的顾林则在这家美国公司获得一个不错的中层职位。

挂了电话，顾林开始发愁：家里没有人，那巧克力怎么办？巧克力是顾林养了两年的黑色拉布拉多犬，当初林冉对顾林要养宠物只有一个态度：不要咬坏我的布料。所以顾林在猫与狗之间权衡良久，最后选了性格最温顺的拉布拉多犬。

顾林到客厅，蹲在巧克力面前，数着它肉肉的前爪点兵点将：“1，2，3，4，4。”数到 4 的时候他把手指停了，看着它水汪汪的无辜的眼睛，“第四天，这天我就回来了，知道吗？”巧克力呜一声，意思是知道了。

舍不得送去宠物店寄养，最好的解决方案是把巧克力交给它也认识的人照顾。为着巧克力，顾林在分手后第一次主动联系林冉。等她来应门的时候，顾林感觉自己像站在结着薄冰的河上，他努力调动身上的每一块肌肉每一条神经，希望自己举止得体。低头看巧克力寻求鼓励，它侧头回他一个无奈的眼神。这场景不知道是托孤还是两个等待收留的弃儿互相安慰。

林冉开了门，上下打量一番这一老一小，叹息似的说："进来吧。"沾巧克力的光，顾林可以进门喝到一杯前女友沏的热茶。

"你记得冯学长？"顾林寻找话题寒暄，巧克力趴在他脚边，已经开始依依不舍。

"当然，比你高两届，现在经商吧？"林冉瘦了些，马尾高高扎起，露出美丽的颈项。

"他离了第二次婚，且刚结了第三次。"

"真的？能者多劳。"

"也帮那些不成器的单身女完成了不少 quota（指标），辛苦他。"顾林看着她，不知道该因为她刚才的那句"能者多劳"羞愧还是内疚，"我这次去纽约总部开会，他拜托我去看他女儿。"

"冯学长有个在纽约留学的女儿？"

"他新婚的太太，以前有过婚姻，有一个女儿。听说是数学系的高材生。"

"嗯。"她从冰箱拿了蛋糕出来招待顾林，以前她除了外卖好像没买过别的食物。还有她身上穿的这条连身裙是深深的苔绿色，而不是原本以为的黑色。那一刻顾林突然想不起过去那几年里发生了什么，差点以为那间小公寓是他们共同生活的家，他甚至有点喜欢身后那个堆满布料的客厅。

"巧克力就麻烦你了。"告辞的时候顾林客气地说，语气近乎讨好。外人看来他们是再登对不过的一对，也没有过太大的争吵。林冉提出分手的时候顾林之所以爽快答应，是因为心下知道，两人都是一样犟的人，将来，无论是他的努力挽回还是她的坚决逃避，都不会好看。所以，他放了手。

一路睡过太平洋再睡过整个美国，到纽约，在酒店放下行李，梳洗过后就赶到总部开会。开完三个会发现已经没有时间换下西装，只能一身商务风地按学长给的地址找上门去。纽约中央公园边的小公寓，景色不错，门房以为他是推销的，尽量礼貌地问了很久，才答应帮他打内线电话通知住户。来应门的是一个挂着黑眼圈的小姑娘。

“林先生？”

“Ellyn?”

进门交接奉命带来的礼物，看一眼门内景象，顾林开始怀疑自己过去是不是对林冉的工作桌太挑剔：五十多平米的公寓里，根本没有一处落脚的地方。他想奔去大堂问那个看起来做事很负责的门房有无可靠的钟点工介绍。“这个时候哪有钟点工？”她姿态娴熟地把地上的脏衣服和废旧杂志踢开一点，为顾林辟出一条路来，“习惯了其实也不是很乱，你试试。”

“我可以帮你打扫卫生吗？”这情况一时半会儿是习惯不了的，而且也肯定整理不干净，无奈他受人之托，临行学长曾反复交代要帮他夫妇俩照顾好小姑娘。顾林脱下西装外套，好不容易才找到一个空的椅背将外套放好，再松了领带，卷起衣袖开始打扫卫生。忙活了不知几个小时，终于看见地板的颜色，垃圾也悉数分类丢弃。时差追上来，他觉得又困又饿。

“你吃过晚饭了吗？”

Ellyn 摇头。

顾林走进厨房，发现灯泡坏了，漆黑一片。“有无替换的灯泡？”

“储物柜里或许有。”Ellyn 打开另一个房间的门。顾林很怕又见一片狼藉，但也只能咬牙跟进去。是一个用作画室的小房间，不大的空间里堆满了画。确实很乱，但却是一种令人赞叹的乱，她把生活的美与丑都以自己的方式定格在画布上。顾林什么话都说不出来，只能呆呆地看着那些画——对光影的捕捉敏锐而精确，学产品设计出身的他从未见过如此出人意料的用色。

“不可以动我的画室！”看着顾林呆愣的表情，以为他又要大肆整理，Ellyn 马上出声阻止。

“这些是你的作品？你是个很会用蓝颜色的画家。”顾林由衷地说，“我喜欢你正画的这幅。”那不过是一幅简单素雅的生活场景速写，一把椅子，一张木桌，桌上一杯咖啡。顾林觉得那个场景与自己的厨房如此相像，尽管他没有那样的桌椅，也没有那样的咖啡杯，但他有过那样的安静与孤独。早餐时，厨房里冒着热气的一杯咖啡，在无人打扰的情况下慢慢喝完。手边是一本过期多年的杂志或者新近出版的小说。然后推门出去，门外有时晴朗，有时阴雨。一日日的日常。

“谢谢。”Ellyn 笑了，笑容亮晶晶的。

“你喜欢 Vermeer [1] 吗？”

“我觉得每个人都爱他。”

换好灯泡，顾林马上检查冰箱，空的，冰格都是空的。“家里连鸡蛋都没有？”

小姑娘摊手：“听说世界上最饿最穷的人，是画家。”

想起刚才清理出去的那几十个外卖餐盒，也难怪师兄这么担心。顾

1、 Vermeer：维米尔，荷兰优秀的风俗画家。

林无奈地叹了口气："你等我一会，我去买点菜。"

附近的超市已经关门，顾林打车去唐人街的便利店碰运气。天色太晚，蔬菜都不新鲜了，只得将就买了一包米、一盒鸡蛋和一瓶酱瓜。回去准备煮粥时发现煤气灶坏了，点不着火。顾林研究一会儿后找到了症结：是煤气灶需要换电池。手忙脚乱找一阵，居然在料理台的抽屉里找到了还未拆封的电池，Ellyn 举着电池郑重地说："真是天无绝人之路。"不等她说完，顾林就笑了，好像已经很久没有听到有人用这样老派的俗语。

从厨房的窗口看出去，夜色是层层叠叠的蓝灰色，让顾林想起房间里那些画。在德国留学时顾林在餐厅打工，跟着后厨学了不少做菜的技术，也曾喜欢研究知名餐厅的美食，工作之余钻研厨艺，但是后来，他坐在厨房里吃了很多外卖。此刻，只能给她煮一碗白粥。顾林觉得好遗憾，遗憾得想要感慨。

就像没有想过一个人的房间能乱成那样，顾林同样也没有想到整理过后一个女孩子的房间会这么简洁明了。地板光亮可鉴，一大张书桌上除了画册，唯一的装饰是只白瓷马克杯，里面装满各色铅笔与圆珠笔。去厨房试煤气灶，蓝色火苗舔着洁白的搪瓷汤锅，一瞬间他觉得那么快乐，好像世界上再没有更美好的场景。借用卫生间，不小心瞄到洗漱台，也是简单得吓人：一柄电动牙刷，一管刚添置的牙膏，一块香皂，一罐面霜。

不等粥凉，Ellyn 一鼓作气喝下两大碗，一迭声地说美味，夸得顾林有些不好意思。

"你平时不打扫卫生的吗？"顾林依旧对刚进门时看见的景象心有余悸。

"没时间啊，最近还要赶论文。"她收了碗筷打开笔记本，"学分不够要被开除，不能再延期了。"

“做大学生很忙吗？我还以为最悠闲的就是学生呢。”

“我要画画。谁会为这种东西花时间？”她指一指桌上的书。

“*Discrete mathematics*？ Discrete？不是爱情小说吗？”顾林看清书名，疑惑地问。

“*Discrete mathematics*，即离散数学，是研究离散量的结构及其相互关系的数学。”

“那 *The Laws of Thought* 也不是科幻小说？”顾林指一指她手边另一本参考书。

“这是数学家乔治·布尔最著名的著作，介绍了后来以他的名字命名的布尔代数。”

“这些数学公式可真像心电图啊。”顾林翻了几页，有些感慨。

她又笑了：“那是函数。”

“读书这么辛苦，明天我们去餐厅吃晚饭吧，好好吃顿大餐？”

“粥就很好。”

“你爸爸交代的任务。”

“你是说我妈妈的现任丈夫？”Ellyn 从功课里抬起头来，挑一边眉。

“明天晚上六时整，我来接你。”顾林不打算应战，俗话说成年人最会逃避。

“把地址告诉我就好，我放学自己过去。”

回酒店，顾林一头栽倒在床上陷入昏睡。他梦见自己成了一艘船，却像石块般不停地向海洋漆黑无光的深处坠去。挣扎着醒来时已经是下午，不准备出门逛博物馆，对商场也无兴趣，叫了客房服务随便吃点，在酒店一直休息到距离约定的晚餐还有一小时的时候梳洗出门。

Ellyn 准时到了，穿着白色短袖棉衫和破洞牛仔裤，背着双肩包，一个刚放学的学生。看着餐厅的门楣和一身正装的顾林，她很抱歉地扯了扯身上的牛仔裤说:“对不起,我不知道是有 dress code（着装要求）的餐厅，并且我好像也没有裙子……”

“其实回去吃也行。”时间尚早，顾林不介意再做一顿像样的晚饭，但取消这个得来不易的预约也实在可惜。他想一想，说：“我去问问他们家是否可以外带。”

顾林尽可能诚恳地说明了自己的情况，经理疑惑的表情让他怀疑自己以后凭本名再也进不了 Per Se [1] 那扇蓝色的大门。最后，两人拿着 Per Se 的餐盒到公园长椅上吃米其林三星的外卖晚饭。

“这是我第一次吃到这么高级的外卖，谢谢。”

“彼此彼此，我也算借你光。”

两个人埋头三下五除二就搞定了原本要三个小时的晚餐。头盘可以和甜点一起吃，也不错。

“你为什么这么伤心？”Ellyn 问正低头仔细收拾餐盒的顾林。

“都写在脸上吗？”顾林皱眉。

“我几乎可以在你昨天煮的粥里尝到苦味。”

“因为，我失恋了。”顾林如实回答，“这是她原本为蜜月预订的餐厅。而这公园、落日、聊天、陪伴……这些都是，我原本应该为一个人去做却没有做的事情。”

“为什么没有做到呢？”

1、 Per Se：纽约顶级法式餐厅。

“太忙，没有时间。”顾林不假思索地答。

“没有时间就是没有心。找借口也是你们这些成年人的求生技能吧。”

“嘿，小姑娘，不要太残忍了，把我们这些人说得像另一个人种，有一天你们也会成为无聊的大人。”

她不以为然地用英文说：“I will never grow old, I will never surrender.（我永不长大，永不投降。）”

顾林笑了：“可不是吗？ I will never return, I will never surrender.（我永不回来，永不投降。）”

“欸？”她有些不明白。

“是纳博科夫说过的话。”顾林停了话头，沉默。

“那么难过，不能复合吗？我觉得你性格很好，长相也不错。她不应该讨厌你吧。”

这个问题顾林想过很多次，所以答得言简意赅：“就像一件穿了多年的衣服，不能再穿下去。而且，不是每一对不爱的人都要互相厌恶或是憎恨。”

“坏了的衣服补一补再穿不好吗？”

“我们的这件衣服没有破，甚至很合身。但我们都穿腻了，你明白吗？”

“你找到了更喜欢的新样式？”Ellyn 眯着眼睛，一脸探究。

“别因为年纪小就说话这么不客气。不脱了旧衣，怎么穿得上新的？”后悔刚才有些太暴露伤感情绪的顾林决定反击，“你这么懂事，为什么不回妈妈身边过暑假？”

“她又结婚了。”当然了，嫁了顾林的学长，所以他才会在这里。

“所以呢？但她是你妈妈，这个事实永远不会改变。”

“就像颜色会因为所处的光线而改变一样，新的身份必定会带给她改变。我们都需要时间去适应这个改变。I will never return，说出这种话，纳博科夫果然是厉害的作家。”

“人生不是画画啊。”顾林一边拿餐巾擦着手一边说，“况且纳博科夫还写了很多很多怀念家乡的书呢，或许他从没有离开过故乡。”

路边那些在正午时分曾耀目得如烈火的树变成了余烬般微弱的暗红，逐渐熄灭在漫溢的夜色中，是一种沉滞浓郁的美。树梢后是城市的灯火，其中有一盏是她的，自顾自亮着。顾林已经不记得自己是从什么时候，开始对人生怀有一种笃定，比如相信失去和得到都是貌似偶然的注定。现在他想，那不是什么人生智慧，不过只是倦怠的借口罢了。成年人真的很喜欢找借口。有人情愿活在谎言里，也不要承受醒来的痛苦。在渐渐聚拢来的夜色里，他开始害怕，怕离席太早，错过了那个本可以厮守终生的人，从此再没有人能陪他穿越来路上无边无际的黑暗。

“你在纽约住多久？”步行送她回家的路上，Ellyn 踢着小石子问顾林。

“明天早上的飞机。”

她“哦”了一声，神色有几分黯然，但很快又恢复了吃外卖时那兴致勃勃的神情：“我们来玩交换秘密的游戏吧？”果然还是个孩子啊，顾林想，心又软了一下。

“好。”

“那你先说。”她皱着鼻子耍赖。

顾林想一想，找出手机里的照片：“这是我的狗，它叫巧克力。我给它起这个名字是为了提醒自己不可以喂它吃巧克力。”

“我不回去过暑假是还没有学会原谅妈妈，虽然她什么都没做错。原谅是一种很难的技能。”

“分手是我女朋友，不，前女友提的。”

“无穷级数和天长地久之类的诺言和永恒没有关系。”

“即便不爱了，我也不愿意分手。因为，好孤单啊。”

“我看不到彩虹，我是色盲。”

顾林愣住了，他想起画布上那些前所未见的光线，那层层叠叠的灰与蓝。

“是的，我是一个爱上画画的色盲。”

顾林一时手足无措，只能停了脚步呆呆地站在夜色中，抱着手臂像一个突然间受了重创的人。

“不要难过，人生那么长，你总可以遇见另一个人，像遇见另一盏灯。”Ellyn 似乎忘记了自己刚才说过什么，看着中央公园里一盏盏亮起的街灯，由衷而努力地安慰顾林，“即便会经过黑暗也不要担心，我们的眼睛会渐渐适应黑暗。”

出租车到了，司机将车停在路边，耐心地等他们告别。夜色如潮涌，要将这个城市淹没，要将人行道上那些并肩走的人都冲散。顾林觉得喉咙发紧，说不出话来。Ellyn 微笑着和他告别：“不要难过，一切都会好的。”她的语气仿佛在宣布一道复杂数学题的正确答案，因为演算过太多次所以如此肯定。顾林看见这城市的夜色和光都在她眼睛里，五光十色，流光溢彩。他迟疑一下，伸手轻轻摸了摸她的头发：“你这样强调，我都不好意思难过。”

第二天早晨，在机场的贵宾休息室，顾林对着一杯加了很多很多糖的红茶埋头痛哭起来。他不知道自己哭什么。大概因为那么多虚掷的深情，那么多浪费的才华。

人生这么长，却无法向一个人描述彩虹的颜色。

人生那么长，你总要过完它。

情感教育

by 荞麦

写作者。正在练习写没有人看的小说

十年没有见的妈妈将要来访，这件事引起的混乱好比十级狂风，但并不体现在表面上。许栩没有跟任何人提起。她在下午跟同事喝咖啡时接到了陌生来电，还以为是惯常的诈骗电话，电话第三次响起的时候，她按下接听键。“我是你妈妈。”对方说。

妈妈是在她 12 岁的时候离家的。许栩恰巧在那时刚刚来例假，绝望极了。

“记得随身携带卫生巾。没有什么可怕的。”妈妈临走之前跟她说。

许栩第一次使用卫生巾的时候，把卫生巾贴在了自己身上而不是裤子上。实在没有办法，偷偷问同学：“用卫生巾的时候，怎么上厕所呢？”这才知道了卫生巾的正确用法。

妈妈经常会打电话过来，但因为青春期那种被抛弃而带着悲剧感的愤怒，她都让爸爸接。

于是等爸爸和妈妈各自再婚之后，电话就少了很多，见面也变得更加不合时宜。

但现在妈妈说已经买好了来见她的高铁票。

接下来这个周六的整个上午许栩都在跟混乱的厨房做斗争。她洗了碗筷，擦了两口锅，如此一来，煤气灶就显得过分脏了。等她把这些做完，不清洗一下油烟机似乎说不过去。接着就是碗柜，落满了灰尘。中午的时候她下了一碗青菜面吃了，之后看着乱糟糟的客厅才发现自己一直有这种倾向：她总在躲避真正重要的事情，为了防止自己产生什么不合理的期待。这时门铃响了。时间差不多是一点半。

妈妈就站在门外，好像已经来过很多次一样。

"啊。"许栩轻轻叫了一声。她迅速在脑海里面换算了一下，妈妈今年大概已经57岁了。然而跟十年前比起来，并没有什么特别大的变化以至于会让她认不出来：妈妈穿了一件有点旧的驼色短风衣、黑色直筒裤，背着黑色单肩包；短发梳得整整齐齐，化了妆；皱纹也并不是特别明显。

"给我找双新拖鞋。"妈妈挺直腰背走进来，脱下脚上的短靴。

虽然有着太多的疑惑，但许栩一句也不问。她开始真正后悔没有收拾客厅。这个在城市跟郊区中间线的90平米公寓，此刻显得极其混乱。她问妈妈要不要喝茶。当然了，她不要。她要咖啡。

家里没有咖啡，冰箱里有一瓶咖啡饮料。妈妈看了一眼，说："那给我白开水。"

就像做梦一样。这个梦境一点都不真实：陌生的母女俩面对面坐在餐桌两边，各自捧着两杯白开水。餐厅在最北边，即使在白天也太过昏暗，于是餐桌上方那两盏有点过分明亮的吊灯几乎整天开着，她们俩被同时笼罩在这种亮光里面，彼此都有点惊诧。许栩这才看出妈妈确实老了，她或许染了头发，脸也松弛下来。当然啦，料想妈妈看自己也如是。她是如何看待已经三十出头的女儿的？这些年简直就好像白过了一样。许栩努力回想妈妈离家时的样子，差不多20年前，自己才12岁，妈妈37

岁，身上写满了可能性。那年妈妈毫不犹豫地离开了自己和爸爸，拖着行李箱回了上海。很多年后，许栩偶然看了一部叫《姨妈的后现代生活》的电影，斯琴高娃拖着行李从东北回到上海的背影，瞬间跟她的记忆重叠起来，以至于她没有任何征兆地哭了出来。

“你还是跟他结婚了。”妈妈的语气里倒也不是失望，更多的是不出所料。大概就是因为这个原因，结婚的时候她没有收到妈妈的只言片语，虽然爸爸给妈妈打了电话，她（在爸爸的催促下）也给妈妈寄了一份邀请函。但妈妈当然没有出现在那个乏味的婚礼上。许栩跟海涛的结婚照就挂在客厅中央，过分的浓妆和假欧洲的背景此时显得那么不合时宜。

22 岁的时候，妈妈出现在南京她就读的大学，当时她正面临毕业，跟男朋友的关系也摇摆不定。男朋友是个胸无大志的人，一心想着毕业后回老家找一个闲职，愉快地度过一生。她当然要留在南京，对未来也有很多幻想。妈妈约她在学校门口的小饭店见面，两个人点了三四个菜。十年没见，妈妈却一点歉意和遗憾都没有。她看到了许栩手臂上的疤痕：在妈妈离家一年之后，许栩自己在家不小心烫伤的。但妈妈一个字也不说。她只问了问许栩今后的打算，还问她有没有男朋友。许栩于是把男朋友喊了过来。从饭店出来之后，她让许栩一个人送她去火车站。走进站台之前，妈妈说：“和这个男生分手吧。他不会有什么前途，你应该去寻找更好的。”

毕业后，海涛一个人去云南旅行了一趟，回来之后非常平静地跟许栩提出了分手，一个人回到了家乡。许栩在南京找了一份工作，也谈不上多么有趣。半年后的一个周末，她一个人在租住的十平米房间闷了一整天，然后爬起来坐汽车到了海涛家。晚上九点，海涛到车站来接她，两个人肩并肩走着，什么都没有说。小城里这个时候路灯忽然全都熄灭了，月亮从树枝间沉默地看着他们，所有的感情在此时得到了确认。第二天海涛就跟许栩回了南京。两年后他们结婚了。

不管怎么说，许栩想：这就是爱情。而这是妈妈不懂也无法理解的东西。

“我又离婚了。第三次。以后大概也不会再结。你是我唯一的女儿，我没有再生过任何一个孩子。我年纪大了，以后少不了要麻烦你。”妈妈说。

许栩瞪着她，跟自己说：“这个女人，眼前这个女人跟我能有什么关系？”

妈妈往前坐了一些，仿佛要跟她谋划什么重要的事情，灯光在她脸上投下一道阴影：“这次离婚我会分到一半的财产，数字不错，律师我也请好了。以后这笔钱，迟早是你的。你当初不听我的话，现在看情况，手头也不宽裕……”

“我挺好的。”许栩断然说道。

“那就好。”妈妈往后坐了坐，“那我就说说这次来找你的原因吧。马上我就要搬出现在住的房子，它属于我前夫。但我会在上海再买一套小公寓。分到的财产完全足够了，还有剩余。房子我也看好了，必须要赶紧付全款，但离婚官司得一段时间才能完全搞定，你也知道打官司这种事情……所以，你先借我 10 万块钱。放心，等官司打完，我会还给你 15 万。反正以后房子也是你的。”

虽然在内心反复进行了各种猜测，但许栩怎么也没有想到妈妈竟然是为了借钱。这令她一时间说不出话，而是直愣愣地看着妈妈，她的脸现在又躲进灯光照不到的阴影里去了。与此同时，不受控制地，许栩想起家庭银行账户中确实有 20 万的存款。

“……我没有那么多钱。”她迟疑地说。

妈妈嘴角扬了起来，索性靠到椅背上去了，远远地看着她：“肯定可以想到办法。你已经 30 多岁了。”就好像当年考试的时候，妈妈低下头笑眯眯问她：“怎么会拿不到满分呢？”那一刻，许栩背后滚起一片鸡皮疙瘩，汗都出来了。

但现在自己已经不是小孩子了。许栩想站起来跟她大吵一架，想尽情为自己的生活辩解。她感觉有什么东西涌了上来，而她根本就无法等到这一切平息。就在这一刻，她意识到，从妈妈出现在门口那一瞬间，她就想像个 22 岁，不，12 岁的小女孩一样滚进她的怀抱里面大哭一场。

于是她既没有走过去抱住妈妈，也没有哭。

她只是冷静地说：“我也需要钱。我怀孕了。”

她没有说的是：连海涛都不知道她已经怀孕了。她想到今后将要在这个孩子身上付出的东西，这令她觉得可怕极了，她不知所措。

“我还以为你不能生呢。都结婚这么久了。”

“工作太忙了，而且一直不确定自己能不能……”

“什么？”

“……当一个称职的母亲。”

“别想趁机指责我。我又不是你的坏榜样。”妈妈严厉地说。

许栩紧紧咬住嘴唇。

在尴尬的沉默中，楼上传来重物倒地的声音，接着噼里啪啦一阵脚步声跑过。

“怎么这么吵？”妈妈抬头皱了皱眉头。

“一直这样。有个小男孩，整天穿着鞋子在家里跑来跑去。”

“你不上去跟他们讲一下吗？”

“能拿小孩子怎么办呢？”

“没有家教的小孩最讨厌了。”妈妈又抬头瞪了瞪眼睛。

楼上的奶奶或者是外婆正在大叫：“哎！别！别！”

“等你生了小孩，总得换个房子吧。这个还是有点小，环境也不好。”妈妈说。

“所以我没有钱借给你。”

“你会得到回报的。再仔细想想。”

在许栩的沉默中，妈妈忽然放低了声音，耳语一般，共谋一般。她往前凑过来，抓住许栩的手，她说：“还有……如果你不想生，可以不生。手术现在很简便。”

“你难道不想当外婆吗？”许栩非常庸俗地问，这个问题令她后来后悔了好多好多天。

“我可不是那种母亲。”妈妈放下手，傲慢地看了看手表，“我下午还约了朋友见面，得先走了。”

刚说完，她就站了起来，好像迫不及待似的。然后她走到门口开始穿鞋，背上包，自己打开门，在走出去之前，她转身看着许栩：“我会把银行卡号发给你。下周把钱打给我，好吗？”

楼上吵了一会儿，又安静下来。除了桌上那杯冷掉的开水，没有什么证据能够证明妈妈曾经来过。她甚至连一口水都没有喝。

二十年前妈妈离开之后，至少有三名女性曾经尝试成为她的母亲。她们接近她，讨好她，每次到她家来都会带来一大袋子的礼物，温柔地跟她说话，为她做饭，以换取爸爸的好感。她们三个性格各异，但都来自机关、学校这种地方，都跟妈妈一样读过大学，知书达理，还比妈妈温柔。有一个还比妈妈美丽。

最后，爸爸再婚，娶了一个饭店服务员。

这天晚上，海涛加班回来，许栩已经做好了饭菜。吃完晚饭，海涛洗了碗，正要坐到电脑前去玩游戏，许栩第一次把验孕棒拿了出来，送到他眼前。他又震惊又高兴，把她抱住。（就像很多电视剧里面演的那样）“我会更加努力的。”他说。（连台词都像）

许栩希望他有点不一样的反应。哪怕有一点真正的困扰，这会令她觉得他至少认真思考了这件事。但男人似乎对现实没有任何考量。

“生了小孩之后，你妈妈肯定要来帮忙带小孩，房子就会有点挤了。”

“嗯。没关系的。”

“这里学区也不好，以后小孩上学的事情也不知道该怎么办。”

“到时候肯定有办法。”

“邻居们又都很讨厌。”

“是吗？还好吧。”

“到底该怎么办哪？”

“总会有办法。”他还是这么说。

这个话题无法继续下去，许栩就跟他说了妈妈来借钱的事情。

“她的官司真的能打赢吗？”他的第一反应是这个。

许栩有点恼怒："当然会了！"总轮不到他来怀疑吧？

海涛语气立刻软了："你想借就借给她吧。总归是你的妈妈。"海涛对这个只见过一次的妈妈有着一种幼稚的好感，并且觉得她非常喜欢自己。

许栩更加生气了："万一她不还……我们家一共才这么多钱。"

"我会更加努力的。"海涛又说。

第二天，许栩想出了办法。她跟海涛商量："如果她再来找我，我就跟她说，我们没有钱，得向别人借。然后让她打个借条，这样就妥当了。"

妈妈的短信是第三天来的，上面只有短短几行字："栩栩，这是我的银行卡号。爱你。"

结尾这两个字，令许栩几乎无法把那些充满了算计和警惕的话说出口，但最后还是理智战胜了情感，当她说出"借条"两个字的时候，妈妈非常冷静，她说："好的。我非常理解。"

她没有再说爱她，或者想念她；也没有问她关于怀孕的事情。

隔了两天，她就收到了妈妈快递过来的借条，下面签了她的名字，还盖了她的章，印了她的拇指印。简直是赌气。

快递袋里面还有一瓶叶酸、两大瓶综合维生素。

怀孕比想象中难受很多。许栩毫无胃口，而且晨吐非常厉害。然而比起身体上的不适，更痛苦的是精神上的犹疑。她无数次思考这个决定的正确性，毕竟一旦这成为事实，她所有关于人生的规划就将永远无法实现了。就在两个月前，她还偷偷考虑过出国留学的可能性（去法国读一年的EMBA，公司表示可以支持一部分学费，但要她承诺依然回公司工作）；上海有一个猎头也来了电话，问她对上海的职位有没有兴趣。埋头努力到32岁的时候，她开始迎来了隐约的收获。而这一切即将化为泡影。

但这次怀孕使她再想起妈妈时，有了一种温柔。毕竟，她怀胎十月生下她，为自己忍受了不愿忍受的一切。而且，更重要的是，她竟然握着自己的手说："如果你不想生，可以不生。"这是只有母女之间才可能发生的事情——一个女人对另一个女人的怜悯。那个场景一再出现在许栩的脑海中。妈妈幻想女儿是一个跟自己一样冷酷无情的女人，可以为了掌握自己的命运做一些出格的事情。这简直是一种过高的赞美。

许栩跟爸爸开玩笑说："妈妈现在又单身了，而且过得很不顺利。要不你们复婚算了？"

"你说什么呢！"

隔了几天，爸爸悻悻地打电话给她："我想了想……你说你阿姨会同意离婚吗？"

"你在想什么啊？"许栩骂他。

等许栩怀孕三个多月的时候，海涛开始念叨应该买一辆车。她必须经常去医院做各种检查，没有车实在太不方便了。此时离借钱给妈妈也有一个月了，这一个月来，消息全无。他试探性地问许栩，能不能问一下妈妈，至少问一下大概什么时候能把钱还回来。他可以去分期付款买一辆车，但到底分期多久，总得看看妈妈那边的情况。

"所以你还是不放心？"

"至少可以问问她的官司打得怎么样了。"

"要不是你妈妈的病，我们早就买车了！"许栩冷酷地说，"有时候没有妈妈还是一件好事呢。”

海涛立刻转身走出卧室，在客厅里睡了一个晚上。

这天晚上，许栩失眠了。谈恋爱时她第一次跟海涛说起妈妈的事情，父母恩爱的他仿佛看见了一样易碎的东西。他因此觉得她很特别，需要一种格外的爱。婚后她经常会被海涛搞得很生气，就是因为他总是流露出那种“哦，我的妻子真可怜，她没有妈妈”的神情。比如她不小心把一件羊毛衫扔进洗衣机，拿出来的时候已经缩水成了很小的一件。他说：“哦，没关系，大概没人跟你仔细讲过这些。”她并不是无知，只是不小心放错了。但似乎这一切，所有的一切，都跟她没有妈妈有关系。所以当婆婆生病，而海涛焦头烂额的时候，她大概就一直想说这句话了，她忍了又忍，在心里反复念叨：“没有妈妈也不是一件坏事。”

第二天她在电梯里面碰到了楼上那家人，一个好像一直气呼呼的老人，狠狠牵着一个小男孩的手，两个人都怒气冲冲。小男孩按了 7 楼，又把 7 以上的楼层都按了一遍。

她按了 6 楼。那个老奶奶意味深长地看了看她，撇了撇嘴，说：“怀孕有什么了不起？我们不过是正常生活，有点声响也很正常，对吧？你以后有了小孩，就知道了。”

“你在说什么呀？”

“你妈那次不是跑上来了吗？把我们家门铃按得叮咚响，在门口大骂一通！”

6 楼到了，许栩走出电梯，趁门还没关，转身对那个小男孩说：“没有家教的小孩最讨厌！”然后转身就走。

就是这天，许栩接到了妈妈的短信：“给我一个银行卡号。周末会把钱打给你。我有空再来看你。”她在最后打了两个字的落款：妈妈。

虽然海涛已经不生气了，但许栩还是向他道歉了。“婆婆不是已经好了吗？一切都会变好的。”她说，说完她才想起来，以前她会喊婆婆“妈妈”。但现在她有自己的妈妈了。

“等拿到钱，我们就去买车。”许栩跟海涛说，两个人在睡前还认真商量了一下 15 万左右的车型，考虑到孩子，总之要买舒适一点的家用型，尽量宽敞一点。海涛的驾照已经考了两年了，都不知道还会不会开。

许栩开始侧睡了，虽然还没什么必要。她可以感觉到他了。一个孩子。暂时还看不出来，肚子只是微微隆起一点点，但她已经没有办法再穿牛仔裤了。她换上了松松垮垮的裤子，像个孕妇一样走路。她皮肤总是过敏，牙龈出血。

她增长了一点自信，并且某种程度上原谅了自己。确实，或许自己并不会是一个好妈妈。因为她犹豫不定，就像当年自己的母亲一样，她满脑子都是自己的生活，她每天都在后悔，她甚至偷偷搜索过流产的信息……然而即使是自己的母亲这样一个自私的人，一个随心所欲的母亲，也带给了自己一些什么——可能是勇气，或者另一种观看生活的方式……至少她给予了自己这无聊的生命。每当想起这个，她就打消了那些怪诞的念头。

周末的时候，海涛带着许栩去医院进行例行检查。漫长繁琐的各种检查，抽血，等待。按着胳膊等验血结果的时候，许栩的手机响了。她看了一眼，扔进了包里。

可以听到胎心了。医生让她躺下，在她肚子上涂了冰冰凉的东西，然后扭开一个收音机一样的东西，不停调试着，哧啦哧啦的，很长时间都根本听不见什么。她正疑惑，忽然那个声音出现了，“哒哒哒哒哒”，跳得好快，根本不像心跳，而是什么急速的宣告，生命的喊叫。“小孩子的心跳就是很快的。”医生说。她大声喊海涛的名字，海涛冲了进来。

检查结束之后，海涛拉着她的手走过医院门口一片巨大的草坪。天气很好，悄然之中，最繁茂的春天已经来临了，人们在草坪上悠闲地走着。

草地上走着很多个家庭：有年轻夫妻两人，有带着小孩的父母，还有推着轮椅的老人……许栩目不转睛地看着他们：这里有多少故事啊，每个人都很疲惫，而自己却仿佛走进了一个崭新世界。

妈妈刚刚给她发了一条短信，并不是还钱，而是说："忽然出了一点问题。请帮我把钱还给你朋友。”就这么多，似乎很温柔很通情达理，但没有解释，也没有歉意。或许她一开始就知道许栩在搞什么伎俩。

然而此时此刻，她忽然什么都不怕了。许栩跟海涛拉着手，再次确认着自己的感情。有种魔力，甚至是魔咒，终于失效了。那种隐秘的对爱的渴望，完全消失了，因为她可以给予了。

她不再是任何母亲的女儿。她成为了一个母亲。

然而即使是自己的母亲这样一个
自私的人，
一个随心所欲的母亲，
也带给了自己一些什么——
可能是勇气，
或者另一种观看生活的方式……
至少她给予了自己这无聊的生命。

一叶之吻

by 七堇年

作家，黄昏收集者

我纯粹是被迫去认识阿建的。

为了应聘他们杂志的首席摄影师，我交上作品集，主编扫了一眼，甩在一边："没用。都是平模、艺人，他们本来就有镜头感，放得开，拍起来很容易。"

大概是他语气傲慢如刺，所以我针锋相对，脱口而出："没有什么人我拍不好。"

主编撩起眼皮，看了我一眼，说，"这样吧，你拍一组阿建的肖像来，在他家里拍。我看看。"

"谁？"

"自己去问。"

一连问了好几个人才找到阿建——他在此干了五年编辑，还有同事不认得他。阿建内向沉默，像一只透明的蜗牛，缩在角落；面容过于平凡，我拼命记了好几次都没记住，最后也只记得了他的座位而已。

要不是为了这份工作，我跟他打完第一声招呼，就想放弃了。但一个人密封如此，反而让我疑心他背后有一个巨大的秘密，或许是连环杀手也不意外。

接触了两个月，我与他的关系毫无进展。我最后一次提出去他家里拍摄的时候，他还是摇头。

一想到这两个月浪费的时间，白白买单，拼命没话找话的每一杯酒、每一顿饭，我就憋屈炸了。出于某种不甘心，我心生邪念，决定逗他一把。

当时，刚刚点完餐，桌面放着一个小沙漏，写着“等餐时间超过 20 分钟，此单全免”。我顺手抄起沙漏，一边把玩，一边装出咄咄逼人的样子，诈他：“别以为我不知道你的秘密。”

阿建突然神色紧张，问：“你知道什么？”

我故意顺着他的话往下滑，说：“你自己清楚。”

阿建盯着我，又盯着沙漏。

我颠倒着把玩沙漏，说：“我拍完，就了事。你要是非不让我拍……你自己看着办。”

拍摄那天，我去早了。他睡眼惺忪地为我开门，浴袍的带子都没有系好，我当即说：“要不我一会儿再上来？”他说：“没事，进来坐。”

背影扔下一句“茶几上有咖啡”，就去洗澡了。

房间跟他这个人一样乏味。一个开间，厨房、卧室、客厅，皆为一体。我有些心虚，怕他冰柜里藏着什么……东西。

去端咖啡，一不小心就经过了还未整理的床边，被子的褶皱像一个紊乱的梦境——撞见这份私密叫我有一丝抱歉。正要退开，看见床头有一只沙漏，精美异常，上端是深蓝渐变至无，下端透明。白色的沙子，被细细蜂腰一一滤下。我不由得拿起来玩赏，正迷失于玻璃上细密的浮雕，阿建一边擦头发，一边出来，脸上惊怒交织，大吼道：“放下！”

我吓了一跳，咖啡烫到手背，沙漏也没拿稳，差点摔碎。

“放下！”阿建大吼。我还从来没见过他这么激动。

我小心地放下沙漏，阿建像看待一枚核弹那样，神色紧张地问：“刚才哪一端在上？！”

“蓝色的……那一端在上。”

“你确定？！”

“确定。”

阿建扶了扶已经放稳的沙漏，轻轻刮走沾在上面的一丝几乎看不见的头发；又摸了摸它，像抚摸一只宠物的脑袋。

“这东西很重要吗？”我忍不住问。

阿建突然反问：“你不是说你知道吗？！”

我知道我露了馅儿，但不知道这馅儿是什么。

那瞬间，阿建脸色一黯，说：“其实你什么都不知道，对吧？”

我本来以为他要赶我出门，连破罐子破摔的对策都想好了，不料阿建说：“……反正都来了。拍完，就不欠你那几顿饭了。”

他转身去镜子前擦头发，卫生间响起吹风机的声音。衣柜打开了，又关上了。再出来的时候，浴袍已经换下。床也叠好了。“开始吧。”阿建说。

我调整窗帘，测光，拉开三脚架，卡好机子。从镜头里一看，阿建紧张得让我想笑。手脚木僵，笑容假得像蜡像。我越叫他放松，他越紧张。

这状态太叫人沮丧了，我一边瞎拍，一边想：没有数码相机之前，摄影家都是怎么办到的？被后人偶然发现的薇薇安·迈尔的胶卷，每一帧都是杰作——那可是随手街拍的陌生人呐。怎么办到的？想到世上已经有人光芒万丈，我还在这儿干什么？真想一把摔了机器。

拍了十分钟，照片全是垃圾，一张都用不了。

我叹一口气，说："不然你手里拿个东西吧，可能自然一点。"

阿建巡视房间，问："拿什么？"

"随便，沙漏？"

"沙漏不行。"

阿建环顾，停在一个角度。我顺着他的目光望过去，是书柜。一排排书脊，还有一些纪念物、饰品，一个相框，是倒扣着的。

我随便抽出一本书，塞给阿建，叫他拿着，省得一双手紧张得不知道往哪儿放。

满怀希望一看镜头：还是不行。更僵硬了。

又拍了几张，还是垃圾。我烦躁地从他手里抽回书，放回书架，碰到了倒扣着的相框。

相框背后写着：

2000 年 9 月，雨后，米开朗基罗广场。

我翻过来看——

一张人像。

她仰靠在及腰的石墙上，飞散的头发像一匹缎带，飘荡在金色的晨风中；发梢撩动着远处佛罗伦萨大教堂的穹顶轮廓。她狡黠地咬着手指，嘴角流露出一丝若有似无的笑意，衬着眼角的弧度，灿烂美丽得让我突然想起一句诗："……触着每寸光阴都变成黄金。"

阿建一个箭步跳上来，抢走了相框。

我问："这是谁？"

阿建低声说："就一姑娘。"

"这不废话吗，我是问你们认识？"

阿健点头。

"就凭你？认识这么漂亮的姑娘？"说完我有点后悔——这话真伤人。而且这张照片拍得真好，我几乎自惭形秽。

但阿建并没有怪我。他只是凝视着相框，脸上陡然出现一抹深静的雪意，又如孤岛。我抢下了一张特写，顺着问下去："你拍的？"

"嗯。"

"喜欢她吧？"

"嗯。"

阿建将相框小心放回书柜，神情松弛下来。我一边抓拍，一边祈求他保持这个状态，为此我不停地没话找话："跟我说说这个姑娘吧。"

"那天……"阿建彻底松弛在回忆中，"她一个人旅行，请我为她拍张照片。

"风正好。她的头发都在飞扬。我拍完，把相机还给她，说：太美了。

"她回头，望着满城金色的屋顶：对啊，好美。

"我没说佛罗伦萨，我说你。你比佛罗伦萨还要美丽。"

我打断阿建："你丫太会调情了！"

阿建茫然望着我，说："我只是说的实话。"

我摆摆手，让他继续。

"我问她，可不可以把照片送给我。"阿健说，"我在梦里见过她。"

"梦里？俗不俗？"

阿建再次纠正我："我说的是实话。"

阿健这才盯着沙漏，告诉我，他的梦境是连续的，每一天都过着一种双重人生。梦中他活成另一个人，真实无比，剧情也是连续的。他用一只沙漏作为标记，用来标识哪一段是梦，哪一段是现实。

蓝色那端是现实，白色那端是梦境。

每天早晨醒来的第一件事，就是要倒置沙漏，告诉自己，回到现实了。睡前第一件事，也是倒置沙漏，告诉自己，进入梦境了。

我顺口就问："你梦里那个人生是什么样子？"

回忆至此，阿建的微表情突然间显出极为丰富的层次——好照片。我从镜头中捕捉到了。好像撬开了话匣子的锁舌，我暗自高兴，飞快地猜测着：梦中那个人生，是连环杀手？会飞的彼得·潘？隐士？一辈子若能活成两种人，现实中无聊一点也没关系了。

阿建说："C也是这么问我的。她特别好奇，猜了好多好多种。都不是。"

"到底是什么？"我相信，C当时也是这么问的。

阿建又回避了我的问题，没有回答，一个人恍惚地说："……她第一次来到家里……就打翻了沙漏。"

但他太爱她了，舍不得责怪。他没告诉C，因为她混淆了开始，自己从此分不清此时此刻所处的这一段，到底是梦境，还是现实。

后来开始约会。每次吃饭，她就问他，昨天梦里的那个人生进展到哪里了。

说到此，阿建难过极了。我兴奋地捏了好几张，咔咔咔的快门声利索地斩获了这一瞬间——像一个卖苹果的穷小贩翻了车，路人愉快地将滚落一地的苹果哄抢一空，四散而去。我偷偷回放刚才那几张，窃喜之余，惊觉自己的残忍。

我又问他一遍："你梦里的人生是什么样的？"

我把自己的脸藏在相机背后，生怕造成他的紧张。镜头中，阿建脸上丰富的层次消失了，沉默和僵硬又覆盖了他，假得……连蜡像都不像了。

阿建带着哭腔："还是当编辑。就只是，在另一家杂志而已。"

"啊？！就这个？！"我大失所望。

一瞬间的静默。我还不甘心，追问："不可能吧？从小……？"

"对，从小……白天上学，梦里也上学，学校不同而已。连续的。现实是什么，梦里也差不多……"阿健开始咬指甲。

"可你在梦里见过C。"

"是啊。她真美，美得不像真的。那个晚上，我头一次觉得，自己做了个……梦。"

"那她后来呢？"我忍不住问。

阿建苦笑："当然是没有后来了。"

最后一次约会，C听完这个结果，大失所望，她说："忍了你这么久，就等这个谜……服你了。"她当即直接放下餐具，叫服务员买单，走人。离开之前，她礼貌地在他脸颊上，匆匆蹭了一个吻。

可真是个怜悯之吻啊。

沉默重新覆盖了我们之间的空隙，好不容易点燃的话题又熄灭了。

我不由得感慨："你太老实了。当时你就该随便找个故事编下去。"

"……我是实在编不下去。我连梦都不会做。"阿健咬破了指甲旁边的皮，吮着血，"起码这样她不至于恨我。"

我无言以对，为了避免尴尬，低头回放刚才的照片，觉得拍摄已经完成了，收拾设备，准备走人。

阿建坚持要送我出门。虽然我真的觉得全无必要，但他坚持。

我们在楼下等出租车，那瞬间尴尬得足有一个世纪那么长。我再也找不出话来塞满空白了，只好也变成一座劣质蜡像。

沉默之时，一阵风袭来，突然飘下一片叶子，打落在阿建的脸庞上。他像受惊的鸟一样猛地一抖。

我有点嘲讽地捻起落叶，说："别怕，只是一片叶子。"

我永远难忘接下来的那一瞬间——阿建把泪意藏在眼底最深处，哀然自语："我还以为……是……她那个吻。"

他露出了一种最细腻的哀感。可惜相机已经装箱，我知道我错过了也许是世界上最好的一张肖像。

车来了。我恍惚着坐进去。

阿建为我关上门，突然问："你也觉得我乏味吗？"

我不忍心回答他，只说："你自己觉得呢？"

我把这套照片交给主编的时候，主编面露惊喜之色："不错啊，还有吗？"

我耸耸肩："还有更好的。"

"在哪儿？"

我说："你看不到的。我们都看不到的。"

沉默之时，一阵风袭来，突然飘下一片叶子，打落在阿建的脸庞上。他像受惊的鸟一样猛地一抖。我有点嘲讽地捡起落叶，说：『别怕，只是一片叶子。』

等待戈黛娃夫人

by **张天翼**

（青年女）作家，没写过《宝葫芦的秘密》

这个摄影作品展不用看题目，任谁站在门口扫一眼就能提炼出主题：展墙上每幅一人高的照片里都有一具女人裸体，她们立在游泳池边、美术馆等地方，亮出胸前一道或几道刀痕。有些刀痕彻底替代了情理之中的丘陵，有些像风扫过沙地，留下破碎再愈合的肌理的痕迹；有些像刚把蛋糕上樱桃吞下去的嘴巴，紧紧闭合成一道锈红色的缝隙，边缘不太自然地皱缩。只有最靠门一张照片里的女士是完整的，她的姿势模仿英国画家约翰·柯里尔的名画《戈黛娃夫人》，赤身骑在马上，长发披在肩头和背上，马是死马，没有血肉，由铁丝把马骨架组合起来。

底下小白牌子上黑字印出照片的名字："戈黛娃夫人与玛拿西"。你们一定猜出来了，她是展览的中心，是女主角。

三年前某一天，天气晴朗得令人惊叹，她走进我的摄影工作室，是当天第一个顾客。助手事先敲门进来看我是否准备好——我住在工作室最靠里的小屋，"准备好"的意思是穿衣洗漱——我从他的挤眉弄眼里猜到她是那种得有超好运气才能见到的女人，不过等她进来，我还是吓了一跳。

摄影师们喜欢的人体跟别人不同，就像画家们钟意的缪斯普通人未见得认为美，比如鲁本斯爱画的姑娘粗腰肥腚，胸口像吊着两个壶铃，腰间肉棱层叠，雷诺阿的浴女的身体沉得要胀破画布……而我喜欢鲜明的面孔和身体，那需要相当清醒、协调，有自我意识的轮廓线。

我什么都拍过。南乔治亚岛企鹅交配、科罗拉多州白头鹫迁徙、巴勒斯坦教派冲突、俾格米人狩猎祭祀，我甚至给餐馆（那种等位区也设置意大利沙发和香槟的高档馆子）拍摄菜单。在这个行当里干到第十年，我的一幅照片得了大奖，标题是“津巴布韦一位弥留的产妇与她怀中的死婴”（拍下照片之后的次日，我在她俩的葬礼上跪地痛哭，弄丢了隐形眼镜），这笔奖金足够我回到城市里定居下来，开一间工作室。我决定下半辈子只拍人。

三年前，那位女士就带着世界上最美的轮廓，推门进来，站在我面前。我忽然张口结舌。她戴着宽檐帽，厚呢长裙、披肩、薄围巾，对初秋的温度来说这一身厚得稍有点过分。但她的身体线条难以抵挡地跳出来，从威廉莫里斯蛇头贝母纹样的上衣里跳出来，跳进空气里，跳进我眼眶里。

她对我说了一句甜美的废话：您好，我是来拍照的。

我说：感谢您选择我。

这是我惯用的开场白，但我从未说得那么真心实意。接着我先捋了一把头顶不存在的乱发，又把沙发上的画册和杂志归成一堆。她转动面孔四下打量，同时缓缓拆卸各种织物的束缚，挂在门后衣架上。助手推门进来送两杯咖啡，再次朝我挑一下眉毛。

她有着光滑的淡褐色皮肤，肉桂色头发在脑后挽起一个拳头大的发髻，长裙随着颀长下肢的动作荡起波纹。她走到墙边，打量墙上几十个木框里镶嵌的裸体照片。我问：是不是您的朋友向您推荐了我？她在这面墙上吗？

她背对着我摇头，说：不，没人推荐，是我自己找来的。顿一顿又说：您的作品很美妙。

我说：谢谢夸奖。当然，她说的是客套话，人们都会说客套话拖延点时间，对着待会儿就要看到自己裸体的陌生人，毕竟会不自在。

她回过头，像个女巫一样说：这不是客套话，我相信您的顾客从您这里得到了毕生最美、最自我的瞬间。

我再次张口结舌。

她微微一笑。我的惊讶令她颇为得意，室内气氛开始松软下来。她的外套剥掉了，里面毛衫是琥珀色的，搭配她的瞳仁颜色。

我说：请坐，我们先聊聊天好吗？

她望着我点点头，把窄长的珍珠灰围巾一点点往下拉，每一寸布料都依次缓缓擦过脖颈和锁骨处的皮肤，犹如蛇从夏娃身上滑下来的样子。如果她现在递给我一枚苹果，无论吃完会被赶出伊甸园还是倒地死去，我都会毫不犹豫，一口咬下。

最后围巾盘踞在她手掌里，她在距离最近的单人沙发里坐下，双腿伸直，脚腕压在一起：好了，您请说吧。您要问我的喜好吗？问我最爱的颜色和音乐，读过最多遍的小说？

聊天是为了速成一种亲密的类似友人的关系。我得让她们把我暂时当成“自己人”。语言像海水包围牡蛎，让她们的软体从躯壳里露出来。

人们在被拍摄的那一刻，总会想要发生变化，变得不像自己。有些人想突显引以为傲的部分：耳朵，手，特定角度的侧脸，细长的胫骨。更多人想藏匿，藏起不整齐的牙齿，挤压变粗的手臂，用头发遮掩车祸后做过手术的下颌骨。

对着相机镜头，有人像坐在首次见面的网友面前，有人像面对即将宣布面试结果的人力资源部门负责人。

人们想要讨好镜头，讨好排在镜头后面、日后即将细细研究他们的无数眼睛，眼睛属于未来的金主、丈夫、公司领导、社交网站上的网友……他们掏心掏肺地笑着，这通常会让摄影师错觉被讨好的是自己——我知道有些同行就迷恋那种感觉。把眼睛放在镜头后面时，你一定要爱上拍摄对象。镜头该是最怜惜她们的一双眼，才能发现最容易被忽略的美感。观者看照片时会暂时钻进摄影师身体里，用你的眼睛看，他会跟着你爱。人们看战地记者镜头里燃烧的天空下哭号的孩子，会觉得惊惧。惊惧是另一种爱，没有爱，就没有惧。

我们聊了半个小时。平时我会先从畅销小说和流行歌手入手，谈到颁奖季最热的动画片、电影演员，再转到那位演员与面前人相似的地方，赞美她们的优点，再委婉地探问她们对自己身体部位的观感。

但我的肉桂色头发的女巫，她跟世上任何一个女体都如此不同。毛衣柔顺地贴在她身体上，像另一层皮肤。她锁骨之下，胸口隆起柔美的线条，仿佛那儿不断有透明的风滑行下去。我时不时走神，双手在裤子上松开又攥紧，总想去摸一支笔，把她头颅、脖子、肩膀和胸脯的线描一遍。

她流畅地说：白色。

罗伯特·海因莱因，《星船伞兵》。您更喜欢阿瑟·克拉克吗？

一切跟芝士有关的食物，比如芝士啤酒、芝士火锅、芝士烤肋眼牛排。

酒？刚才不是说了吗？芝士酒。

勃拉姆斯，听得最多的是《四首最严肃的歌》。

希腊克里特岛，如果能选下葬的地方，我会葬在那儿。

非要选一处最喜欢的部位？胸脯。

不喜欢的部位，没有。

潜水，骑马，打篮球。我上大学时得过学院篮球赛的MVP。

“滴血的心”。是的，那是一种花的名字，罂粟科，有红色花，也有白色花，开花时是一整串垂在枝上那样。哦不，我并不紧张，如果需要，我甚至可以在人来人往的广场上脱掉衣服。您还有什么想问的吗？

说话期间她把咖啡一口一口喝完，把杯子搁回托盘里，杯底跟盘里的圆形凹陷对准。我说：没有了。您对照片有没有什么具体想法或要求？

她在沙发里动一动，伸伸腰，浑身线条跟着摇晃、扑闪：我想不出要什么背景，其实我只需要一张全裸照片，做什么姿势您来建议吧。

我指着墙上一些照片请她选择，大部分是黑白片，以各种材质图案的布料做背景，巨幅世界地图、九大行星图，有一些人站在各种鸟类标本（是我的收藏）中央，一些女人坐在花丛里——几条街之外的公园有个培育鲜花的温室，管理员是我的老朋友，我可以带顾客到他的花丛里去拍照。

她对每种选择都皱皱眉。

我忽然想起地下室里有一件朋友做的装置艺术品，遂打内线电话给助手，告诉他去把“玛拿西”推到工作间。

她问：玛拿西是谁？

我说，玛拿西是一匹马的名字。

她歪一下头，眼睛一闪。

当然不是活马，是死马——马的骨架。我有个雕塑家朋友非常喜欢马，有几年他热爱收集马匹的尸体，那些在马术竞技和赛马场上严重摔伤、只能安乐死的马，他会赶快把马尸弄回来，经过处理，剥离皮肉只剩骨头，然后用铁丝、螺栓、工业胶等东西把骨架再组装成马，让它们继续做出吃草、奔驰等等姿态……

我一边讲一边带她上楼，最后推开工作间的门，里面正在回荡《勃拉姆斯 C 大调第 1 号钢琴奏鸣曲》。她向空中看一眼，就像能看见一条音符搏动的五线谱飘过去一样，转头朝我微笑致谢。

助手已经把玛拿西推到了灰色背景布前面，它扭转脖子回望，一只前蹄抬起，像是听到人的脚步声，立即要逃走。

她绕着玛拿西慢慢走了一圈，叹一口气：它真美，真怕一骑上去它就要驮着我跑掉。

我说：不用怕，地下室里还有它的马驹，它不会跑的。

真的？！

不，假的，玛拿西是匹赛马，两岁就做了阉割手术，无论生死它都不会有家室。

我指一指角落里挂起的幕布：女士，您可以到那里更衣。

她进去之后，助手进来递给我一块红毡子，又离去。我搬梯子上去，把红毡盖在马背上。勃拉姆斯埋没了脱衣服可能会发出的嘶嘶声。我抚摸马儿的骷髅头，想象衣料掉落时，像云层让位、露出太阳的情景。

更衣室的门打开，她从幕布后面走出来。

她裸体的样子跟穿衣服时不太相同。衣服是人为增加的伪装，其实她并不太瘦，不是社交网络上人们追逐的纤细体型，但皮下脂肪刚好保持在恰当含量。清瘦的女人具有植物之美，而微胖的女人所具有的是建筑之美。她整个身体犹如一根大理石希腊科林斯柱，柱头上肉桂色长发披散下来，像莨菪植物卷须。那一对乳房耸起如宫殿墙上探出的露台，不过分鼓胀也绝无一分枯槁，上面斜坡一条线简洁险峻地绷直，下面是碗肚似的弧度，几乎没有乳晕，两颗覆盆子式的乳头，圆润得像随时要滚动下来。

我从未，从未，从未，从未，从未，从未，从未见过更美的乳房，和胴体。

她向我走过来，走动时双臂轻轻摇晃，脚掌无声触地，修长的肌肉在皮肤下波动，耻骨和腹股沟的区域出现一些迷人的凹陷，又随着步伐消失。

她对我无法自抑的凝视报以宽容一笑。假使奥赛美术馆里的雕塑会笑，大概就会是这样。我也微微一笑，达成了一种雕塑与观赏者的谅解。随后我向玛拿西摊平一只手掌，示意她可以上去了。

她登上短梯，一条腿跨过去，骑坐在红毡上，依次欠起两边臀部，调整坐姿。我把相机留在三脚架上，也走过去踏上梯子，停在倒数第二阶上，用手撩起她的头发，再撒下去，让那些触须的细丝在肩头和后背上造出图案。

我竭力让动作保持配得上她的柔和，她头发里尽是塞壬的旋涡，响着无声的致命歌。她没有洒香水，伴随手指搅动，丰饶的发从深处散发出头皮油脂和洗发水混合的气味。啊，那也许是古柯碱或是鸦片的香气？她的鼻翼薄而敏感，两个微小的拱形洞口支撑在一左一右。我近距离看她的双眼，一些精致的褶皱把眼珠围绕在中心，她也冷静地、毫无意图地回看我。我仿佛面对一个无尽的宝藏，那双眼睛则是宝库大门上镶嵌的钻石。

我收回目光，爬下梯子，走到墙边，把某一个方向落地窗的窗帘打开，让阳光进来，察看光照在她身上的浓淡，又试着拉上一两条帘子。阴影是撒进图形与线条之中的盐。阴影太多就变得苦涩沉重，太少又寡白无力，我的任务是调和它们的比例。

光靠近她，盘桓在离她几毫米的地方，形成一层轻柔的薄雾。光的热力让皮肤像糖汁融化了似的，蒙在脂肪肌肉表面。

她垂下头，一根脊柱成为划分画面最显著的曲线，脖颈几乎跟脊背弯成直角，左手耷拉在身侧，右手背在背后，手掌张开。有一刻我想，这是《戈黛娃夫人》中裸身骑马游街的伯爵夫人的姿势，但很快我明白不是戈黛娃，这姿势属于罗丹的《老妓女》欧米哀尔。

我走到镜头后面，让细节在镜头里放大。

她的头颅在胸口投下一片黑影，犹如死荫的幽谷，乳房下面和背上凸起一些肋骨的条状阴影。一切角色、感情都要有阴暗面才能变得立体。我的肉桂色头发的女巫，她生命的阴翳是什么？身体是一部私人史，她锁骨上有一道疤痕；后腰上椎骨尽处有一个灰色渡渡鸟文身；扁杏仁状的肚脐周围散布淡淡的短纹，像细碎涟漪围绕一个石子投入水中造出的洞，那是妊娠纹。

我问：您锁骨上的疤，是骑马还是打篮球留下的？

她笑一笑：都不是，我十三岁时被寄宿学校里的女生们抵制，她们把我推下宿舍楼梯，锁骨和脚踝摔断了。

我直起身子：后来呢？那些女孩得到惩罚了吗？

哦，那很难，你知道，她们辩称我是自己滑倒的。后来我就很难和同性做朋友了。

我往侧面走了两步，在快门声音里，她问道：您办过个人作品展吗？

在柏林办过一次，反响一般。如果我再开展览，您愿意赏光？

会的，我会去看。我搜索过您，您那幅《弥留的产妇与她的死婴》非常了不起，是在津巴布韦拍的？

要谈论另一个（我曾经以摄影师身份爱过的）女人，我暂时抬起头，把相机拎在手里。是，在津巴布韦一个叫奎奎的地方，她叫桑蒂，二十五岁，造成死亡的那次分娩是第四胎。

孩子是男婴还是女婴？

女婴，只活了两分钟，她妈妈比她多活了一个多小时。桑蒂的遗言是“希娃”，那是她给女婴取的名字。

我低头看看手里的相机，拍摄桑蒂用的相机就是它，当时它在汗淋淋的双手里一直往下滑，像要急着逃跑、溜出病房。

她坐在马背上，从高高的位置俯视我：您用两条生命的死状换了名誉和奖金，会有负疚感吗？

这个问题真好，如果眼前有茶几，我一定会用力拍一下。女巫嘴边露出狡黠的笑：对不起，我冒犯您了吧？

当然没有，我想告诉您，摄影师如果不能接受旁观者这个身份，就无法继续做这个工作。桑蒂和希娃死去那天我唯一愧疚的是，为了让室内光线更适宜，我在人们哭泣时绕到他们背后，悄悄把窗帘拽开，桑蒂的大女儿回头用通红的眼睛瞪了我一眼。

她脸上出现一种幽深的表情。我举起相机把那种神情拍下来。

奥古斯特·罗丹最爱的头颅部分，是嘴唇与脸颊的连接处，我面前的女人就有相当美妙的嘴角，线条终止处有很微小的圆形凸起，令嘴唇线条收束得高贵聪颖。她的乳房在光和阴影里像枝头的沉静果实，屈起的大腿和小腿侧面隆起肌腱的长线。

拍摄完毕，我问她是否想跟玛拿西拍几个别的姿态，她说：不用，有这样一组就够了。

这时她已经从梯子上走下来，站在我面前，双臂伸到脑后，把长发抓成一束，又松开，双眼和紧闭的嘴唇有一种不可揣度的奇异神情，就像她正凝视一个深渊，又像她自己才是深渊。她说：不，您不用把照片寄给我了，待会儿我会把钱全部付清。但我想求您做一件事。

我说：请讲。

请您替我选一张照片，尽量印大——要隔一条街也能看清的那种尺码——挂在您工作室面对的玻璃外墙上。挂一天，只挂一天就行了，周一到周五，您可以随便挑一天，从早晨八点悬挂到晚上七点。晚上七点之后照片就归您了。您想把它烧掉、印成拼图、挂在床头，还是拿去用在作品展览上都可以。

你一定会问为什么……你喜欢我的身体吗？我看得出你喜欢，我知道你觉得它美。我明天要去做手术，明天这两只乳房就将变成手术室废物桶里血淋淋的肉块，明天我将扛着残缺不全的肉体继续生活。

你拍摄的作品很了不起，但我选择你，不是因为你的技术。

你的工作室斜对面，隔一条街，有家叫作“天鹅绒烟雾”的咖啡馆，每天早晨八点到八点半之间，会有一个男人路过它，进门，买一杯清咖啡带走；晚上六点半到七点之间，他下班回来也会路过咖啡馆，进门，买一块“黑天鹅绒蛋糕”带走当作夜宵。

只要你把我的照片挂出来，他路过时就会看到。

那个人，我毫无指望地爱了他九年，就像茨威格小说里那个女人爱她幼年时代的邻居作家一样，不过他不是作家，是个建筑设计师。

我也知道切除乳房之后多半不会死，只是我不再完整，不再美。我只希望他能目睹我的完整，不管以什么样的方式。

哦不，他不认识我，所以这张照片里露出脸也没关系，他在路上跟我撞个满怀也不会认出我，在地铁上跟我隔一个吊环也不会认出我。他一无所知地做着一位杰出女律师的丈夫、两个小男孩的父亲。

他会拿着咖啡或蛋糕停下来，隔着一条街盯着看上一阵。他会默默鉴赏，在心中说“这女人真美”。

虽然那时完整的那个我只剩下一个幻影，但想到这影子能映在他视网膜上、打动他，哪怕只有几秒钟，哪怕他永不知情，我躺在手术台上时也可以平静无怨尤。

谢谢你，摄影师，再见。

她说上述那些话时平静如密林，如藻海，没有等待我的回答，像是知道我必定不会拒绝一样。说完就转身走开，走到幕布后穿好贴身衣服。我送她下楼，回到会客室。看着她把外套、宽檐帽、围巾一样样装配回去，就像一个黄昏降临、天色一层层暗下去的过程。其间我没再说一句话，没有安慰，没有“祝手术成功”，她也没再开口。

摩洛哥小说家塔哈尔·揭伦说：“感情是不该用语言表达出来的，语言像满是窟窿的篮子，交替着把沙子从南方运往北方。”然而意义往往存在于徒劳中，存在于沙子从篮孔中咝咝泄出的景象里，只不过太多的人不信任它。

最后她向我严肃地点点头，像一匹秋天的牝鹿似的敏捷轻盈地走出去，消失在街角。

我知道人们都期待这样庸俗但让人松一口气的结尾：我冲下楼，追上她，陪她吃了当天的午饭，次日陪她前往手术室，陪她度过术后恢复期、化疗期，陪她做复健，练习双手抛篮球、扩胸，陪她把化疗丢失的脂肪和体重长回来，陪她到希腊克里特岛去，在“天体沙滩”鼓励她再次穿比基尼下海游泳，最后买一枚戒指，藏在一块黑天鹅绒蛋糕里，跪地询问她是否允许我陪她度过余生……

而事实不是这样。事实比那短得多。她离开三天后照片冲洗出来了，翌日早晨七点四十分，我和助手把那卷照片布抬出来，一个搭头一个搭脚，像两个杀人犯处理用毯子包裹的尸体。我们把一个事先安装好的带滑轮的木轴降下来，将布幅固定上去，再摇动手柄，让它升起来，铺开全部内容。

八点钟，太阳已经升得很高，街上的人流越来越稠，这个早晨跟之前的无数早晨并无二致。我死死盯住街对面的咖啡馆，目光警惕，像个捉奸的妻子。人们耳朵里塞着耳机线走过来，手掌上缠着柯基犬的狗绳走过来，推开咖啡店玻璃门走进去，挽着朋友的手肘走进去，拿着外卖咖啡纸杯和面包离开，一边给手中食物拍照一边离开。

穿海军蓝风衣戴黑呢礼帽的中年人，胸前打着牛血色领带、挽起法兰绒外套衣袖露出两条花臂的矮个子，长发在脑后结一只发髻、穿柞蚕丝衬衫加僧侣鞋、目光肃穆如凡·高的瘦长男人，络腮胡修剪得精致如画的英俊壮汉，穿鹿皮夹克蹬切尔西靴的清秀绅士……每位手执一杯外卖咖啡走出来的男士都像建筑设计师、女律师之夫、两子之父，都有一张足以令家人愉悦、让情人与妻子自豪的面容。她爱的会是中年人从容文雅的气质？容纳情欲潜滋暗长的络腮胡？她的渡渡鸟文身是呼应那个两条花臂的家伙吗？

所有人——不只是那些男士，连同遛狗的老人、慢跑的少女在内——所有人都在他们的行程中为她暂停了一会儿——几秒钟或半分钟——凝神观看白骨红毡上的她。裸体骑马的戈黛娃或欧米哀尔。很多人掏出手机给照片拍照，然后带着微笑低下头按动手机屏幕，把图传到自己的社交页面上去。

目睹、摄取过她的美丽刺激之后，他们就转身离开了。从早到晚，三百四十九个中年男人买过咖啡和蛋糕，到底谁是她美丽胸膛下跳动的心脏爱着的人？我好像捧着一大堆拼图碎片的人，悲哀地拨来拨去，对不出一块完整面孔。

晚上七点整，我和助手把照片摘下来，卷好，抬到地下室，放在玛拿西身边。玛拿西脊背上还搭着她坐过的红毡。我用手抚摸胸口，仿佛那儿也被剜掉了什么东西。

我再没见过她——这又落入另一种窠臼了。童话里误入森林深处神秘宝藏的那些幸运的蠢蛋，一旦走出来就谁也找不到回去的路——只剩裤脚皱褶里一粒钻石，是蹚过堆成山的宝石金块时遗留在那儿的，能作为那桩奇遇并非梦境的证物。《戈黛娃夫人与玛拿西》（这是我给照片取的名字）就是那粒钻石。

“玛拿西”在希伯来语《圣经》中的意思是“使之忘记”。我无法忘记她，但我甚至不知道她在手术后是否活了下来。

后来我花了几年时间，拍摄了五十七位因病切除乳房的女患者。我跟每位女士柔声说话，说服她们脱去衣服，让我记录她们的残缺。我告诉她们：艺术中唯一创造美的力量是特性。疤痕造就了更加有特性的、你们的身体——失去身体的一部分绝不意味着失去美，你看失掉两条手臂的维纳斯！

这是最雄辩的一个证据。几乎所有带着乳房残骸幸存下来的女人，无论如何为刀疤而羞涩自卑，最后只要祭出这句话，她们总会被说服，带着勇士的神情，在相机镜头前挺高胸膛。

我得说，我的隐秘目的不算崇高。天知道我每把那句话说一遍，眼中看到的都是我的女巫，我的肉桂色头发的女巫。

无望的等待犹如无期徒刑，也是残缺的一种。

后来我慢慢有了点名气，以残缺与完美为主题的摄影展在一个又一个城市办下去。每次我都会站在展厅门口等待，从早晨八点到晚上七点。

我等待她带着世上最美的线条走进来，结束我的残缺。

人们在被拍摄那一刻，总会想要发生变化，变得不像自己。有些人想突显引以为傲的部分：耳朵，手，特定角度的侧脸，细长的胫骨。

更多人想藏匿，藏起不整齐的牙齿，挤压变粗的手臂，用头发遮掩车祸后做过手术的下颌骨。

科伦坡恋人

by 坏蓝眼睛

作家，编剧，情感专家

1

我是在 Majestic City 门口遇到马科的。

当时我和甜筒刚刚从“突突”上下来，用生硬的英文加手势，汗流浃背地讨价还价，最后给了司机五百卢比，换算成人民币一点都不多，相当于二十二块钱，可还是感觉肉疼，五百块在脑子里形成的巨大错位幻想侵袭了事实上的微不足道，我想可能因为我还没从冰天雪地里的角色转换过来。

回想起十几天前，二月的北京寒风呼啸，人们瑟瑟发抖，听说热水器的水箱被冻裂；而二月的科伦坡艳阳高照，暖风袭人，就像一个擎天巨人张开大口，呼呼地喘着气。只用了八个小时的时间，我已经完成了这样冰火两重天的极致体验，我想我已经接近崩溃。崩溃的代价是，用冰冷的身体换上火热的短裙，像一条冻鱼被放到火盆上炙烤，滋滋流下的，是化掉的冷汗。在科伦坡的 Majestic City 前，我和甜筒几乎是不必约定就打算疯狂购物。

从北京到科伦坡，短暂的停留后，我们先去了斯里兰卡北部。在斯里兰卡北部的十几天里，除了每天经历原始丛林般的美景和曝晒，几乎跟城市隔绝，住的是随处可见的民居，吃的是花花绿绿的各种咖喱食物，甚至开始觉得赤脚行走是一种享受。在北部靠近亭可马里的某个村子，甜筒甚至发现了人间绝境，一丛丛灌木林立，一座座木房相邻，安然悠闲，与世无争。如果在这样的地方住上三个月，应该可以写出翩若惊鸿的好文章……再继续下去，恐怕我俩就会彻底变成原始人类。

不需要花钱，不需要进步，不需要思考，不需要努力……我们成功地退化成自然人，每天只需要享受原始的生活。这不是开玩笑，一碗咖喱饭三到五元，丰富一点的也不超过十五元，一百元又变回了多年前的一百元，而不是如今忽然就会不见了的零钱。咖喱饭的饭量十足，可选的配菜极多，一天吃一顿就不会再饿。难怪斯里兰卡的女人都是丰乳肥臀，肥沃丰硕，安逸的生活和肥肉总是亲密战友。我想不出半年，我也将变成“米其林妇女”，黝黑，粗壮，跟爱情和时髦同时说再见。

离回程还有三天的时间，我和甜筒终于鼓足了勇气，离开了让我们倦懒的北部，回到了科伦坡，Google 到了市中心的酒店，坐上突突来到 Majestic City。

2

我是在 Majestic City 的门口遇到马科的，当时我跟甜筒正准备脱离原始人类生活，进入商场买点东西。已经有整整半个月，我们忘记了人类还有购物的功能，而且这个功能曾经是我们的主要娱乐。我们俩像是被刚刚解救出来的大猩猩，四处张望，好奇欣喜，跃跃欲试，因为被囚禁太久，所以用力过猛，要拼却一切去购物，眼里不再有其他的重要事情。

马科跟我打招呼，问我们来自哪里。我们以为他是一个推销员，也没太在意，礼貌微笑就迅速离开。没想到马科竟然开始跟踪我们。我拦住他，问他为什么这样做。他无辜地耸耸肩说，因为你很漂亮。我竟无言以对。

在异国他乡，遭遇马路求爱者，该高兴还是苦笑？路过商场的镜子，我特意照了照自己，连日的曝晒已经让我如同炭烧，这样的我也可以得到“你很漂亮”的赞誉？虽不是心有戚戚，却也得意。十几天来，所有功能同步退化，包括“爱”和“购买”；逐渐恢复的同时，警惕心也消失不见，甚至觉得马科很友善、很坦率。微笑之国，到处可见单纯的笑脸，如同当下马科的表情。

甜筒在二楼的甜品店点了饮料和糕点。马科坐在我的旁边，用流利的英文跟我交谈。他就住在这条科伦坡最繁华的街上，有一个哥哥和一个姐姐，都在国外。哥哥在佛罗伦萨，是个建筑设计师；姐姐在西班牙，正在读博士。他本人也是个艺术家，具体从事什么职业也没说。他不用手机，没有电话号码，在一张菜单纸上写下一个地址，说想邀请我们参加晚上的派对。

是什么派对呢？马科说，是一个很棒的派对。

毫无拒绝的理由，刚刚逃出原始森林的猛兽，接到派对的邀请，喜形于色，几乎立刻就答应了。于是马科跟我们约好了时间，约好了碰头的地点，彼此又确认了参与的意愿，就这样，很愉快地告别了。

3

斯里兰卡真是一个热情的国度，像我和甜筒这样的异国女郎受到了前所未有的善待。在这个中国人并不多的国度，走在大街上，几乎人人都跟我们打招呼，不管是老人还是小孩，男人还是女人。满满的爱意包围着我们，我们的神经得到了前所未有的松弛，被拿到阳光下炙烤的冻鱼终于化成柔软的水母，舒展筋骨的同时，也释放出了信任和对等的善意。

我和甜筒疯狂购物一小时后，回到酒店，梳洗打扮，像是要洗掉浑身的泥土一样。接下来，我们是最耀眼的派对小姐，我们拥有异国他乡来客的身份，有对大家来说神秘莫测的面孔，我们将认识很多新的朋友，甚至可能会遇到喜欢的人。想想即将发生的一切令人激动不已。

可是，事情并不如想象中那么顺利，到了约定的时间，马科没有来。我和甜筒不免有点失落，虽然之前在心里会掠过一丝警惕，可是对于两个刚从原始丛林解放出来的“都市小姐”，有什么比一场激动人心的派对更让人心动的呢？但是，对于一个马路求爱者的话，也许并不应该太当真。

在约定的时间过去半小时左右，确定马科不会出现的同时，我们决定去吃点东西。一场从天而降的邀请，悄无声息消失也算正常，但是我们的肚子饿了。

两个浓妆艳抹却被放鸽子的派对女郎，走出酒店，在科伦坡最繁华的街道上边逛边找餐厅，所到之处，收割所有的目光：女人在欣赏我们的裙子、高跟鞋和口红，男人在欣赏我们在夜色里被渲染得夸张的“异国情调”。不管怎么说，精心装扮自己总不会浪费。

我是多么喜欢斯里兰卡的服饰，女人们曼妙的身姿都被装进包裹得恰到好处的沙丽中，深色皮肤弥漫着神秘色彩，艳丽的裙子和配饰画龙点睛，满街都是美人，又如此人畜无害地挂着微笑，之前我们努力维持的“高冷”变成笑话。

我们被传染了，一路上说说笑笑，见到谁都忍不住笑一笑，在北部被挤压的原始的热情现在全部释放在科伦坡。

在一个服装店，穿着高跟鞋的甜筒终于走不动了，坐在一边喝饮料看风景，我则在孜孜不倦地试衣服。有个英俊的男店员悄悄问我：你的朋友为什么不喜欢衣服？我开玩笑：她太穷了。店员露出了很遗憾的表情，我继续开玩笑：一百卢比可以把她领走，OK？店员几乎马上就要掏钱给我。我拉着甜筒大笑着扬长而去，店员追出来，一脸失落。

在一个夜幕下的简陋餐馆，我们停下来吃晚餐，但是菜谱我们都看不懂，不知道吃什么。一个斯里兰卡男人跟我们拼桌，他在吃咖喱饭。这几天咖喱对我们来说就像洪水猛兽，再也不想看到它了。甜筒说她想吃一碗牛肉面，我想吃点炒菜……就在我们对着菜谱研究的时候，马科不知道什么时候坐在我们面前，我一抬头，正好看到他那张若无其事的笑脸。

4

这样意外遇到马科非常不可思议。马科问我们为什么在这里，他找了我们好久。

先发制人？我还没有质问他为什么爽约，他就讲了一大堆，大概的意思是他在约定好的时间到达，可是我们不在，他就去酒店的前台问，前台告诉他，我们在半小时前就已经离开，去向不明。

难道是记错了约定时间？

可是怎么会这么巧在这里遇到？马科说，他就住在这条街上，这条街上的每一个店铺他都很熟悉，所以，他就沿着酒店出来的方向一直找我们，果然被他找到了。

竟然有点失而复得的喜悦。

我们的对话被旁边拼桌的男人听到，他在他手机上打了一段文字给我看。他说，他觉得这个男人有点危险，建议我们不要跟他对话，如果有什么麻烦，让我们联系他。

我看着因为寻找我们满头大汗的马科，又看着神色紧张好心的拼桌大叔，忍不住大笑起来。

我好喜欢斯里兰卡人。

走出餐厅，一辆车停在我们面前，是马科的朋友利奥。他开车带我们去派对。利奥比马科显得成熟一些，有成功人士的标配——大肚子，虽然也有“微笑国”的笑容，眼神里却多了一丝戒备。他曾经在中国工作过几年，做蓝宝石的生意，能听得懂一些简单的中国话。跟我们愉快地聊起四川的美食和云南的美景，说起我们刚才吃得并不满意的晚餐，利奥当下就掉转车头带我们去了一家“中国餐厅”，在熟悉的汉字餐单里，我们欣喜若狂地看到了水煮鱼、锅包肉、牛肉面……

这家中国餐厅在科伦坡比较高级，几个菜下来，七八百元消失，但是吃到了久违的美味，我们还是很开心，一路上说说笑笑，很快就熟悉起来。马科对我表现出特别的热情，一直在跟我攀谈，虽然大家都没有使用母语，但是表情、动作、简单的对话，彼此还是能了解。马科说我是他见过的最聪明的女人，我觉得这句话比“好看”“漂亮”“迷人”更受用，后者更多是赞誉，前者才是肯定。

吃饱喝足，谈笑风生，一路开车，来到了一个酒吧。

这个酒吧极具南亚风情，大树遮蔽，木房，幽暗的灯光，微笑的斯里兰卡情侣，一切显得静谧美好。

“派对在哪里？”我忍不住问。

马科说，派对的时间过了，现在只能喝啤酒谈人生了。

有点可惜，不过确实，已近凌晨，斯里兰卡大部分人都已经入睡，深夜的精灵们，这里分布得也比较少。

因为蚊子太多，我们还是转移到室内，喝着酒吧老板亲手酿制的啤酒，真的开始聊人生。

5

马科说，在科伦坡，像他这样年近三十岁还单身的人很少，大部分人未成年已经开始张罗婚事；而且他也不工作——不是不工作，是阶段性地工作，这段时间正好他不工作。问他为什么会这样，马科想了想说：我喜欢这样的人生。

中国最流行的话题之一就是星座，马科是水瓶座，这样的人生观倒也不奇怪。

利奥似乎就不能认同马科，他是个十足的生意人，总是在谈论他的蓝宝石生意，进出口，贸易，那些我们听不懂的渠道，宝石的分类……严谨又乏味，完全配不上这迷人的夜色和超棒的啤酒。甜筒礼貌性地倾听，几次神情略显失落。我有点感谢马科，他的存在让我不用去应付那些让人打瞌睡的话题。

马科对我说：你愿意嫁给我吗？

我吓了一跳，然后狂笑不止。说好的自由自在呢？

马科说：你不相信缘分吗？

我说：我信，可是缘分不是马路上遇到一个女人就求婚，这是开玩笑。而且，你不怕我是个杀手，不怕我是个贩毒组织的卧底，不怕我是个骗子？

马科哈哈大笑，他深情款款看了我半天，说：我喜欢你的幽默感。

在酒精和深情眼神的注视下，我差点把这句话当真。

当然，后来我们又开始谈起艺术，谈起旅行。马科不徐不疾，谈吐不俗，气质慵懒，思维敏捷，还能随时随地奉上幽默感，是个聊天的好伙伴。

结账的时候，马科很诚实地说：我最近没有收入，没办法买单。

我跟甜筒对视，气氛有点尴尬。我们犹豫着刚要拿出钱包来结账，利奥把账单拿过去，买了单。

这天的凌晨一点钟，当利奥开车送我们回酒店的时候，科伦坡的街头几乎没有人，二月的暖风吹得我们心旷神怡，想想二月的北京，正在忍受冰天雪地的侵袭，一下子觉得跟岁月借了点小确幸，充满感恩。

到了酒店楼下，我们正要道别，利奥忽然问：我们可以去你们的酒店房间吗？

6

说真的，虽然这一夜我们喝着啤酒畅谈人生，彼此觉得很熟悉，可是毕竟是异国他乡，毕竟是半夜三更，毕竟是孤男寡女，我们被斯里兰卡洗刷掉的世俗心这一刻又还原回到我们的体内，天然的警惕感让我们说 sorry，太晚了，不太合适。

利奥不太明白，他说：我们只是上去坐坐，你们很介意吗？

我看了看甜筒，内心的挣扎让我觉得很难决定。甜筒心不在焉，对这件事不置可否。利奥再一次申明他是友好的、善意的，也只是希望跟我们多交谈几句。我建议我们就在楼下或者酒店的大堂继续聊，利奥毫不掩饰自己的失望，他追问我为什么会拒绝让他们去房间里坐坐。

我想了想酒店其实也很安全，前台和保安都在，他们能怎么样呢？大不了大门敞开，随时报警。于是，我们答应了他们的要求，带他们到了我们的房间。

7

我们住的酒店在科伦坡最繁华的街道上，酒店设施很好，房间也很大，而且带一个小型的阳台，推开房间门，站在阳台上，可以拥抱星空和夜色。

利奥和马科到了我们的房间，立刻就发现了这个阳台，他们带了罐装的啤酒，站在阳台上边聊天边喝酒，刚才神经一直紧绷着的我们一下子放松下来，又同时为自己内心里隐藏的阴暗感觉内疚。在斯里兰卡，似乎所有的人都怀有善意，而我们一直处于怀疑、警惕、紧张、防范的状态。跟他们笑着喝啤酒聊人生的心态相比，我们更像是兜着野猫的女巫，我想我们的眼神都是不干净的。

甜筒在敷面膜，我跟利奥、马科站在阳台上喝啤酒，这时候马科忽然问我：你考虑好了吗？

我吓一跳：考虑什么?

马科说：接受我的爱，留在科伦坡。

我哈哈大笑起来，我说：对不起，我喜欢钱，我要嫁给富豪，而你连一杯啤酒的账单都付不起。

马科一脸认真地说：那是因为这段时间我没有工作。如果需要钱，我会立刻工作。钱总是会有的，缘分却不是。

我愣了一下，他说得真好。钱总是会有的，只要去工作，但是缘分，确实不是想有就有的。

利奥给我们看他女朋友的照片，是个超级漂亮的斯里兰卡女孩，高挑秀丽，穿着让我着迷的斯里兰卡传统的裙子，大眼睛像一汪清泉，流露着清澈的神光，阿拉伯神话里的女神应该就是这样的吧。

利奥看着女朋友的照片，久久、久久地凝视，嘴上带着满足的微笑。这样憨厚、踏实、善良的人，就在一刻钟之前，我还怀疑他是否有可能入室作案。

我们终于聊起了这次旅行，从北部风光聊到美食，利奥说：你们居然没去康提（Kandy）？你们竟然不去康提?

说真的，我们来到斯里兰卡之前，对这个国家，对它的城市一无所知。利奥提醒我：中国人最喜欢的大象孤儿院，你们都不知道吗?

想起去年有朋友送我一个记事本，是用大象粪便做成的，因为有洁癖，这个本子我一直不太敢用，但想到那些孤独的大象被收留，心里还是有爱，可是当我来到斯里兰卡，竟然完全没有想到这个著名的景点。

利奥非常肯定地说：必须要去康提！必须。

马科还沉浸在情话中，他带着他深情的眼神用舒缓的腔调说：我可以陪你，去康提。

我解释说，我们后天就要离开，而且我们也不知道如何一天来回三个小时车程的地方。利奥说：这根本不是问题，我有车，我可以开车带你们去。

我第一反应就是：我要付钱吗？

利奥说：当然不用，我开车，带你们去看看美丽的康提。

Wow，天啊，这简直……已经是无法用言语来表达的美好。我只想大呼一声：Wow。

8

约好了康提之行，利奥和马科早晨六点钟在酒店楼下等我们。

其实他们离开的时候已经凌晨三点。马科说他一夜无眠，问他为什么，说因为遇到了生命中的天使。

我也已经习惯了这个科伦坡男人的说话方式，永远在说情话，永远深情款款，永远深情注视。

可惜他对面是一个来自怀疑国的理智小姐，所以每一次的注视都被绕过，每一句情话听完就算，这种奇异的冲突感反而让这种感觉逐渐发酵，就像一颗被藏在泥土里的种子，压迫感反而令它有了生存的欲望。

临行前十分钟，甜筒忽然爽约，她来了一件必须马上完成的工作，只能抱憾无法前往。

我跟马科在路边的早餐店喝着红茶等待利奥。利奥把车加满油，我们就出发了。

这一路，阳光，笑声，歌声，一直没有间断。利奥特别开心，不断跟马科用斯里兰卡语交流，三个没有睡觉的人兴奋满满，完全没有睡意。但是这种情况只持续了一个多小时，后来我开始被睡意侵袭。我坐在副驾驶座，马科在后面，几次从后视镜里看到他正跟我相互凝视，嘻嘻一笑，回头看到他悠闲地耸肩，这些小默契一度令我怦然心动。情话说多了也许就会当真，尤其是这种逐渐渗入、慢慢相处的情感。

我被困意席卷，不知不觉睡着了，醒来的时候发现我前方的车窗被一张锡纸挡住。利奥说，刚才我睡着了，马科说太阳会把我晒伤，所以悄悄贴了这张防晒膜。不仅如此，口干舌燥的时候，马科又递来了饮料让我选择，他买了啤酒、可乐、矿泉水，真是周到仔细。

快要抵达康提城的时候，路遇一个废弃的火车道，利奥问我要不要拍照——真是太了解我了。我兴奋地跳下车，在废车道旁边搔首弄姿，马科帮我拍照，拍完之后我撇了一下嘴，利奥说：我来。

利奥真是摄影高手，他可以找到我最好的角度。我教训马科，说他没有艺术气质。马科有点伤心，说练习一下也许灵感会跑出来。我们三个一边开车一边拍照。小睡了半小时，我又恢复了生龙活虎。当然最开心的环节是自拍，每当我举起手机对准自己，利奥和马科都会凑进来合影，谢天谢地，他们的黑衬托了我的白，我很满意，参照物太善解人意。

中间我们吃了一顿标准的斯里兰卡午餐，又是咖喱餐。马科和利奥很自然地用手吃，我仔细研究了一下他们的吃法，他们是用一块饼夹着菜和饭一起吃，吃到最后，盘子里干干净净，居然一点油渍都没有。

就这样，我们一路欢乐，来到了著名的康提。

9

康提真不愧是斯里兰卡的名城，沿途风光极美，跟北部不同，这边似乎更加浓烈、绚烂、热闹。

我们去了佛牙寺，一间庄严的皇家寺庙，据说是因为佛祖释迦牟尼的牙舍利存放在此处而得名，当地人免费，其他游客一千卢比。马科忽然开启了导游模式，跟我讲这座寺庙的历史、故事、八卦，我有一大半没听懂。他确实博古通今，学识渊博，连每一根柱子的传说都知道。而且他极其有耐心，每当有需要注意或行礼的地方都会提醒我。在斯里兰卡的寺庙，大多要求游客脱掉鞋子，马科一路帮我提着鞋子，我光着脚走在后面，恍惚间觉得他就是我的恋人，如此安全，如此体贴，满眼满心都是你，看着你的眼神干净无瑕，让你觉得你就是他王国里的公主，唯一的统治者。更重要的是，一个不以结婚和世俗成就为生活目标的人忽然为你放弃信仰，说不感动一定是假的。

朝拜完毕，离开寺庙的时候，迎面看到一个美丽绝伦的小女孩，忍不住过去跟她合影。马科抢着帮我拍照，说自己的艺术细胞已经悄悄萌生，拍出来的照片虽然不尽如人意，不过总算也过得去。

小女孩离开的时候，我不断感慨女孩的美貌，自带眼线和浓密睫毛的斯里兰卡血统真让人嫉妒。利奥说，那不是斯里兰卡人，是伊朗人。

我们去康提买了斯里兰卡最著名的红茶。这里也有很多中国游客，当利奥和马科帮我询问价格的时候，旁边的一个游客说：好棒，你有斯里兰卡的朋友。我有同感，生发于陌生人之间的缘分，只需要刨除警戒心就可以获得的友谊，如此温暖人心。可能大部分人在遇到马路求爱者的时候，都会第一时间吓跑甚至报警。

离开红茶工厂，马科忽然给我一罐红茶。我问他这是什么，他说这是科伦坡人最喜欢的口味，是他送给我的礼物。

我有一点感动：他是个没有收入，连一杯啤酒都买不起的快乐单身汉，却可以买一罐并不便宜的斯里兰卡正宗红茶给我，我不知该如何感谢。

夕阳西下，在一条不知道名字的风情万种的街，我们三个又开启了拍照模式，街市上，路边，巴士站，酒吧门口……走过这么多国家，那么多次旅行，我记不起哪一次是这样的开心。完全像个得意的女王，身后跟着两个最忠诚的保镖，一路招摇过市。最重要的是，这两个人一个像兄长一样深沉厚重，一个像恋人一样无微不至，天下没有更完美的画面了。

10

我请利奥和马科吃了一顿非常昂贵的晚餐，在那条风情万种街的一个高级餐厅，环境非常好，有烛光。

利奥和马科也用起了餐具，两个人很绅士地交谈，我则愉快地看着街景喝啤酒，一边打电话给甜筒描绘着康提城的绝美。甜筒后悔得肝肠寸断，连连呼喊。可惜，我们已经没有时间再来一次了。

回去的路上，依旧是利奥开车，我还是坐在前面，马科在后面。我们大声唱歌，一路欢笑，我觉得自己有点醉意，但是微醺的状态和开心最相配。

马科在路边又买了几罐啤酒。一路上我们一直在喝酒。马科问我康提怎么样，我由衷地说，这是我见过的最美的城市。

后来画风有点不对，马科逐渐喝醉了，他表白了半天之后，歪歪扭扭靠在座位上睡着了。我喊他一声，他睁开眼睛说：I love you, but... 然后就又睡着，我跟利奥对视狂笑。

安静了一会儿，利奥忽然问我：你真的觉得我女朋友很美吗？我说：当然，那是我见过的最好看的斯里兰卡女孩。

利奥说他也这样认为。

我问他为什么今天不把她带来。

利奥说：因为她在另外一个世界里。

我吓了一跳，酒一下子醒了。

利奥若无其事地说：她离开这个世界已经两年了，这两年，我只是觉得她睡着了，她会醒来的。

我不知道该如何安慰这个憨厚、深沉的人。

原来我的预感没错，他眼神里的复杂不仅仅因为在中国的浸染，原来还有一段伤心的故事。不知道是酒精催化还是我感情过于夸张，在沉默了片刻之后我竟然哭起来。

利奥反而安慰我，说：生命就是这样的，她只是跟我们不在同样的世界里而已。为什么要哭呢？

说得多么动人，斯里兰卡的哲学：她只是不在我们存在的世界里，为什么要哭呢？

接下来，就是沉默的一路。其间利奥换了几首歌，但是我们再也没有话题了。

11

送我回到酒店的时候，利奥和马科没有再提出“上去坐坐”。只是到了楼下，当我打开车门，马科终于醒过来。

马科说：你明天就要离开科伦坡?

我竟然有点恋恋不舍。如果早点认识马科和利奥，我们的斯里兰卡之行会不会更加丰富？如果每一天每一个城市都像康提这么美好，这又将是什么样的记忆?

利奥说：我要去看看那个缺席的甜筒小姐，跟她告个别。

利奥离开之后，只剩下我跟马科站在酒店楼下的马路上，忽然觉得心有千言万语，却不知道该说些什么，很害怕他再一次很认真地看着我说那些情话，我担心自己真的会认真。

马科看着我，缓缓地说：美丽的小姐，认识你之前，我从来没有这样心动过，从没有认真考虑过要为一个女孩去重新布置自己的人生……

我点点头，说：我知道。

马科说：那么，我们这一次相遇是命中注定的缘分。请你支付这趟康提之行的全部费用。

我吓了一跳，不敢相信自己的耳朵——一秒前他还在表白。

我说：你说什么?

马科认真又深情地说：我说过，我要重新开始工作。我之前就是一名合格的导游，这一趟私人之旅，您需要支付往返车费、解说费、酒水支出费，总计三万卢比。

我简直说不出任何话，所有的美好瞬间变成笑话，我在震惊中换算着人民币和卢比的汇率。

马科无限深情地说：我爱你。

归途快递

by 康夫

滞销书作者，不知名编剧

雪落在黑夜里，高速公路寂静无声。从碎裂的风挡玻璃往外看，只有车灯照射下的小片地面亮着。雪片在光束中垂直下坠，落地时悄无声息，融进广袤的平原。

陈祎犹豫片刻，放下手机。他知道这是一年中欢乐最多的时刻，高速交警值班室的人大概端着饺子围在电视机前，拖车公司的人大概在打扑克，也许会赌一点小钱。没有人想接求援电话，在除夕的雪夜离开有暖气的房间。

那么明早再说吧。从他的角度看去，车窗外被撞断的护栏像两条灰色的蛇，冲向路基下的野地。“出入平安”的红色绳结一动不动地挂在后视镜上，红绳上拴着一枚银锁。他试图把驾驶座放平，小睡一会儿，但被撞坏的调节把手纹丝不动。

车窗冷得像冰面。他伸手在外衣口袋里摸索，一无所获。副驾驶一侧的车头凹了进去，储物格紧贴座位，他花了一番力气才把它打开。经年累月积攒下来的杂物奔涌而出：停车场收据、加油票、零钱、坏了的蓝牙耳机、用了半包的餐巾纸、作废的钥匙串……没有香烟，也没有打火机的影子。他想起自己结婚第二年就戒了烟，心里叹息一声，松开安全带下了车。

带雪沫的空气骤然钻进鼻腔，让人打了个激灵，路上仍然一辆车也没有。他记得去年新年时看过一则新闻，电视台找了一架小型直升机航拍除夕夜主要公路路况，结果空无一人。果真如此。

正这样想着，一阵车声由远及近，两束车灯光转过弯道，车轮碾过细细的薄雪，发出轻柔的破碎声。是一辆深咖啡色的小货车，顶着一层毛毯似的新雪。

小货车放慢速度，司机摇下车窗，大声问：“是你叫的快递吗？”

陈袆放下去挡灯光的手，茫然地站在原地。司机又问了一遍，陈袆还是不知如何回答。

“啊？”他说。

司机熄了火，跳下车。强烈的逆光中，陈袆只看到一个身材粗短、体格健壮的轮廓。轮廓走出光束，一个魁梧男人站在他面前：穿一件长途司机常穿的旧硬质皮衣，长方脸，眼睛细长，头上没戴帽子，留着板寸。

司机敲了敲车身上喷涂的公司标志：一只四足长尾动物手捧包裹，旁边一行艺术字写着“川山 EXPRESS”。是快递公司的车。

陈袆连忙摇头：“没有，不是我。”说完这句话，他四下张望一番，忍不住问，“这种地方，这种时候，有人要发快递？”

司机没有答话，绕到车前面去看被撞瘪的车头。有护栏挡着，车子不至于冲下公路，不过，撞成这样，除了拖走也没有其他的可能了。他从皮衣口袋里掏出一张皱巴巴的纸打开，凑到眼前逐行审阅。

“家住朝阳区的陈先生，”司机一字一句地念道，抬头看一眼陈袆，“是不是你？”

陈祎一顿："我是住朝阳区。"想了想，补充道，"不过，这是今天以前的事。"

"嗯？"

"之后住哪还不知道呢。"

"你上哪儿去？"

"我出趟远门。"

司机又看了一眼单子："没错，是这么说的：要出远门。"

"但是我并没有快递要送。"陈祎说。

"那好吧。"司机把单子折好塞回口袋，"早收工，早回家。我走了。"

司机转身爬回车上，在他抬起胳膊的瞬间，陈祎看到他后兜里露出半包香烟。

"等一下，"陈祎犹豫道，"你有烟吗？"

司机一愣，爽快地从兜里掏出烟和打火机。两人靠着车子，各点一支烟，各自沉默。目光离开明亮的车灯，陈祎发现黑夜并不是他在车上看到的那样漆黑一团。当他张望它的时候，黑暗变淡了，绵长的高速公路、路旁广阔的田野、点缀其间的房屋、远处光秃的树木，像暗房里冲洗的照片一样显现出来。违背妻子的禁令吸烟，一开始让他有些不安，但很快感到了平静。

"其实戒了好几年，不知道为什么，刚刚想抽得很。"陈祎平静地说。

"谁都一样，夜里开车困得要命。"司机深吸一口，张开双臂靠在车上，"偏偏公司规定工作的时候不能有烟、有火。"

"运输危险品的话，是不能抽。"陈祎说。

"并不是这个原因，我们不做货运。"司机摆摆手，"说了你也不明白。

这会儿无所谓了，反正也没有别的单子。”

“好吧。”陈祎说，“你们除夕也不放假？”

“是啊，夜间配送，全年无休。”司机抱怨，“早知道这么辛苦，还不如接着做以前的行当。”

“嗯？”

“以前做采矿。今年刚换的工作，都说跑物流比搞能源有前途。”

“说得没错啊。至少安全。”

“那可不一定！有时候遇到脾气大的客户，啧啧，拳打脚踢。”司机愤愤地说。

“还有这种事？”陈祎有些惊讶，心想哪行都不容易。不想打工的话，创业更难。对工作不满意，换一份就行了，如果创业失败，那就什么都赔进去。对投资人吹的牛成了笑话，家人虽然不说什么，心里也是不满的。最倒霉的是妻子，不但经常要拿钱补贴家里，两个人还耽误了生孩子的年纪。

陈祎不想在这件事上继续想下去，随口问道：“你们到底运什么呢？不做货运的话。”

“这个嘛，”司机吐出一个烟圈，“严格来说，我们其实是服务业，不算物流业。我们承运的东西，就是客户本人。”

陈祎一时反应不过来。

“直白地说，就是针对专属客户的个人长途运输服务。有的人想去一些不容易去的地方，有的人想见一些很久没见的人，于是他们就叫我们公司的快递，我们负责送他们过去。你明白？”司机说。

陈祎摇摇头。

“我就知道你听不懂。”司机叹一口气，“这么说吧，好比你这趟要出远门，离开之前有没有要叮嘱的事情，想再见一面的人？”

陈祎想了想，低声说：“没有，我没有惦记的人。”

远处的天空忽然绽放出一朵橘色的烟花，礼花弹的声音渐次响起，先疏后密，闷闷的，像戏台上的擂鼓声。他们的前方是公路，公路前方是广阔的麦收后的原野，原野尽头是一条河，河的对岸有一排树。一朵又一朵烟花绽开在河岸上空，此起彼伏，照亮树和荒原。

“新年来了啊。”司机轻声说，“到了倒数计时、放烟花、吃饺子的时候。”

“是的。”他说。如果在家里，这时候该关紧窗户，免得鞭炮烟涌进屋里。

司机搓搓冻僵的手，又在雪地上跺了跺脚。

“我走了。”他说。

陈祎低头看着自己的鞋面，上面已经落了薄薄一层雪花。在闪烁的天地之间，他感到心中难以抑制的刺痛。

“等一下。”他向司机的背影说。隆隆的礼花淹没了他的声音，司机没有听见。

“等一下！”他喊道，“我要送快递！”

“啊，什么？”司机回过头来。

“我有想见的人，”他说，“不过……我担心不好找。”

“反正，我们是寄件人付费的。”司机说。

“嗯。”

“那好极了。”司机露出愉快的表情，从皮衣口袋里又一次掏出那张皱巴巴的业务单子，以及一支秃帽子笔，一副公事公办的样子看着他。

“您贵姓？”

“我姓陈。”

“噢，对，这儿写着呢。”司机尴尬地咳了一声，继续问，“收件人地址？”

“我不知道地址。”陈祎如实说。

“啊？”

“我们有很多年不联系了。”

“好吧，收件人年龄。”

“我也不知道具体年龄。”

“啊？”

“她自己估计也不清楚。”

“那电话呢？”

“她没有电话。”

“谁会没有电话？”

“如果现在有了，我也不知道。”

“那名字总有吧？”

“名字……也没有。”

司机把秃帽子笔往单子上一扔：“陈先生，我们除夕夜里加班，挣钱不容易的。”

陈祎心虚地说：“但情况确实是这样。”

司机叹口气：“信息太少，找不到的。”

“我知道。”陈祎沉默了。

“但是！加钱可以。”

“……”

“加么？”

“加。”

司机往单子上写了几笔，将满满一页纸递给陈祎，指着右下角说：“这里，签字。”

借着车灯的光亮，陈祎看到最上面写着：“地址不详，年龄不详，姓名不详，各种信息都不详。”接着一页，全是收费明细。陈祎在右下角签了字。

司机拿回单子，折好塞进口袋。

“我先走了，再会。”他说。

“你不是要带我去找人吗？”

“什么信息都没有，上哪儿找？”

“那你刚让我签收费单做什么！”

“看清楚了没有，你签名的地方旁边，有一行浅色小字：如因客户提供信息不充分导致无法投递的，本公司概不负责，费用不退。”司机爬回了自己的驾驶座。

“你还要什么信息，我努力想。”陈祎压着怒火说。

“我要的信息，说起来简单，想起来可难。那就是，千千万万人之中，能把你要找的人区别出来的东西。”司机说。

陈祎陷入了茫然。

“我们只有一次机会，必须有独一无二的东西才行。”司机说，“你慢慢想，我先走一步。”

他连忙捉住司机的车门。他想到了她的气味。她的脖颈间有一种特别的气味，多少年过去，他也不会搞混。可是，气味要如何才能形容、描绘？

司机见他不肯放手，又说：“或者，你有什么和她有关的东西也行。”

陈祎立刻说："这个有。"

他跑回自己车旁，把半个身子伸进车里，取下了"出入平安"绳结上挂着的那枚银锁。这种银锁样子简陋，并不值钱，打造的手艺也不怎么精致，大概是某个乡下手艺人所为。两侧的云纹图案很难说十分对称，中间刻着"长命富贵"几个篆体字，倒是笔画清楚，没有写错。

"这是她给我的。"

"早说，这就容易多了。"司机接过银锁，挂在自己驾驶室的后视镜上，打开副驾驶的门，冲陈祎招招手，"上来吧，我们去碰碰运气。"

陈祎跳上车，司机却没有发动车子。

"怎么了？"

"我们需要热身。"司机说着，从座位下面抱出一只硕大的酒壶，陈祎吃了一惊。

"放心吧，不是酒，是饮料。"司机说着，鄙夷地看了看陈祎，"你不喝酒也能撞成那样，喝什么其实无所谓。"

司机打开塞子，一股奇怪的酸甜气味逃了出来。他凑上壶嘴小心地喝了一口，立刻发出欢快的叹息："真是难得的好东西，喝了这个，开车才有手感，找人才有运气。"他看一眼陈祎，并没有立刻把酒壶递过去，而是凑到嘴边又喝起来。这一次不同于之前的小心尝试，而是敞怀痛饮，咕嘟咕嘟咕嘟，陈祎眼睁睁地看着他一口气喝了一半还多。

"你慢点喝。"陈祎忍不住说。

司机又喝了几口，终于不得不放下酒壶缓一口气。他伸出舌头舔舔嘴唇，甚至舔到了自己的鼻尖。他依依不舍地把酒壶递到他面前："轮到你了。"陈祎接过酒壶，刚要把嘴凑上去，司机又急忙补充了一句："别喝完，给我留一点！”

陈祎放下酒壶，有些着恼地瞪着他：“还给你，我不喝了。”

司机忙说：“你喝，你喝，不要生气。”

陈祎再次把酒壶放到嘴边，甜蜜的香气扑过来，他喝了一大口，呛得天翻地覆。司机连忙将他的后背一阵拍打，抱怨说：“说了让你喝，就不会跟你抢，你着什么急！”陈祎恼火地瞪着司机，然而咳嗽得厉害，什么话也说不出来。

“这是什么东西，这么辣！”陈祎终于开口。

司机指着壶身的一行小字：“绿蚁牌啊！今冬新酿，蚂蚁汁。”

陈祎吓了一跳：“蚂蚁汁？”

“嗯，可不是一般的蚂蚁，是专门用来榨汁的绿蚁。用蜂蜜喂够七七四十九天，全身内外都是蜜糖味道了，才用来做饮料。所以闻起来甜得很。”司机陶醉地说。

陈祎连忙把酒壶还给了司机，整个消化系统都百爪挠心地别扭起来。

“不识货。”司机接过来，隐隐有些不高兴，又自顾自喝了一气，“可惜没有火炉。这种酒，配上红泥做的小火炉，雪天喝一壶，比什么都强。”

他们身上热乎起来。司机发动车子，远光灯的光束忽然射出好远，他们突然加速，路旁的测距牌飞速后退，连成一道线。

“低头，抓紧！”司机喊道。

陈祎还没来得及低头，就看到一片山崖般的夜幕迎面扑来，他们的车直冲着撞了上去。就像鼓槌击穿鼓面，他们穿破山崖，来到了夜幕的另一面。陈祎的脑袋磕在玻璃上，撞出一个包。

“接下来是平路了。”司机安慰道。

陈祎默不作声，绿蚁汁令他头脑发热，四肢飘浮。车子在公路上飞驰，又像走在隧道里，车轮和地面粗糙的摩擦声，像撕开一只包装精美的纸盒。

糟了，他想。眼前的纸盒被撕开以后怎样也无法回复原状，让他手足无措。这是客人送来的纸盒，据说是一种叫作“蜂皇浆”的贵重补品，父亲说要留着年底时走亲戚送人情。他看到盒子上画着黄黑相间的巨大蜜蜂图案，好奇里面装的是不是会飞的蜜蜂。于是他打开了盒子——大失所望，里面只有一排细长的小玻璃瓶和吸管。他在忐忑中度过了一整天，不知道父亲下班回来会是怎样的反应。实际上他的担心是多余的，父亲又一次因为科研任务太重，睡在了实验室，压根儿没回家。

“是不是这个人？”司机似乎能看到他脑海中的回忆，高声发问。

“不是，这是我父亲。”他说。

司机咕哝了一声，继续往前飞驰。车灯晃眼，像舞台上的聚光灯。陈祎想起他上一次登台表演还是念小学之前，他扮演农夫庄园里的一只南瓜。母亲没有去看演出。

“我要加班，请假的话没有加班费。”母亲说。

“可是其他人的爸妈都来了啊。”他说。

“那是因为他们有台词，不像你，只是一只南瓜。从头到尾蹲在那里，有什么可看呢？”母亲说。

他沉默了。母亲为了安慰他，又说：“你演主角的话，我会请假来看的。”

这是舞台透露给他的秘密：人们喜欢的不是你，而是你当主角的样子。作为一只南瓜，还是早早下台的好。

“是不是这个人？”司机的声音再一次不知从什么地方传了过来。

“不是，这是我母亲。”他说。

“又不是父亲，又不是母亲，那会是谁？”司机的声音听起来很不满。陈祎感到尴尬。

“我说了，”他说，“是个连名字也不知道的人。”

“是是是，刚刚谁让你叫我抽烟！工作的时候不能抽烟，我本来鼻子就不好，一有烟有火，就更找不准了。况且，根据这玩意儿的信息，明明在附近啊。”司机连珠炮似的说，用下巴指了指后视镜上挂着的银锁。

“你再说清楚一点，是你什么人？”司机问。

陈祎看着窗外，他可以想到告诉司机之后对方脸上的表情，也可以想到接踵而至喋喋不休的好奇追问——“太奇怪了，你想见的竟然是这样一个人。”正因为此，他从未向任何人提到过她。此时此刻，他同样不想开口。

司机等了一会儿，没有得到回应，只好换了一种提问方法。

“她以前的地址你有吗？”司机问。

“有。”他说。

“哪里？”

“我家……我的意思是，我父母家。”

“后来呢？”

“后来回她自己家住了。”

“我懂，女朋友，老婆，对吧。”

他感到司机的一双大手在他脑子里翻书似的，眼前哗哗闪过从小到大认识的女生的画面。他赶紧叫停：“不是，不是。”

“我知道，后来分手了，离婚了，分居了。对吧？”

“不不，根本不是这种关系。”

司机一脚刹车，陈祎的脑袋险些又撞了上去。

“我说陈先生，不是父母，不是夫妻，这种很难找的，都得……”

“都得加钱。”

“对。”

“那就加。”

“那你说说相貌特征好了。”司机无奈地说。

“嗯……灰色头发。人很高，力气大。”陈祎在脑海里慢慢搜索她的模样，他其实并不记得全部。

“灰色？”

“我的意思是，银白色。现在可能全白了。”

“啊！是个老人。”

“对。”

“那……还健在吧？”

“这个……我不清楚。”

“陈先生……”

“我知道，我知道，实际上，我有三十年没有她的任何消息了。”

“可是你看起来也才三十多岁。”

“是的。”

“哦，我知道了，是你祖母。”

陈祎没有答话。司机看他一眼，缓缓发动汽车，银锁有节奏地摆动起来。陈祎已经想不起这枚银锁是怎样到他手里的。这件物事在他的记忆中似乎没有起点。某一天，她忽然消失了，留给他这个。他没有她的任何物品、相片、联系方式，只有把它攥在手里。绿蚁汁的效力绵绵不绝，他感到四肢又飘浮了起来，但硬邦邦的座椅和靠背硌得难受，让他的思绪无法从货车狭小的空间里逃逸出去。

“你既然跑长途，为什么不买一套座椅靠垫？”他挪了挪僵硬的身子，不满地问。

“什么东西？”司机好奇地看了过来。

“靠垫啊，一个垫在腰后，一个垫在脖子那儿，开车就不容易累。”他说。

“还有这么好的东西！我从来不知道，难怪医生说我腰椎颈椎都不好。”司机大惊小怪地叫了起来，“你有？”

“当然了。”他说。

司机转了转眼珠，没有吭声。他们依然在那条隧道般的公路上行驶，没有出口。

“你得想着你们在一起时的事儿，给我引路。”司机说。

“我想不起什么了。”他说。

“要你想的就是那些被遗忘的事啊。”司机的声音飘了过来。

陈祎很少回忆童年时的往事。他记性很好，但留在脑海中的只有斑驳的碎片。他很少见到父母，大部分时候只有她和他在一起，甚至每一个新年她都和他们一起度过。为什么她无家可归？他不知道。她从哪里来？为什么后来又离开？他也不知道。他记得许多片段，然而并不知道完整的故事。她大概也不会知道他仍然记得她。事实上没有人知道一个小孩子的记忆可以持续多久。他长大以后父母曾经在谈笑间问他：“小时候带你的保姆娭毑，你还记得吗？”

“不记得了。”他漠然地摇头。

“我就说，小孩子什么都不知道。”母亲一副“果然如此”的样子。

父亲开口："不应该忘掉，她照顾了你六年，她的名字是……"

"我不想听。"他打断父亲的话，放下碗回了房间。

他独自坐在房间的床上，想起她曾经和他一起在这张床上坐着，她教他数钱。

"一，二，三，四，五，六，这是乖孙的妈妈给娭毑发的工资。"她从里面抽出一张，放到一旁的布包里，"这一张给乖孙留起，读大学用。"

"好。"

"读了大学还回来看娭毑吗？"

"看。"

如果他还能再见她一面……他被一胳膊肘戳中，从散乱的回忆里缓过神来。

"别发愣了，终于要到了。"司机控诉，"这一路上好找！这工作真是性价比太低，明年必须改行。"

陈袆睁开眼睛，远远地，他看见了一片院落，砖墙深红，香樟嫩绿，麻雀在枝头蹦跳。职工们骑着"二八"自行车赶在下班的路上，车筐里装着菜和报纸。有人拿饭盒去食堂，有人提着热水瓶去打水。他抓住司机的手："从食堂对面那个斜坡下去。"

他们沿坡开下去，旁边有一个高高的沙堆，几个放学的孩子在玩沙。前面是一片整洁的空地，有低年级女生在跳橡皮筋，高年级女生趴在凳子上写作业。空地四角种着樟树，高高的枝叶间挂着搁浅的风筝和羽毛球。围绕空地，三面各有一栋小居民楼，是教师家属宿舍。左手那栋的一楼，门前有一排整齐的小花园。倒数第二个花园里种着葡萄，已经爬了架，角落里有一棵桑树。

陈祎趴在车窗玻璃上，望着葡萄架入口。司机把车停在香樟树下，说：“我在这儿等你。按过第三次喇叭，你回车上来就行。”

“她看不见我的，对吧？”陈祎轻声说。

“这要看你肯多付多少钱……”司机摸了摸下巴。

“我已经签字付给你一大笔了。”

“这个嘛，前面那些都不算，我们重新约定。”司机狡黠地眯起狭长的眼睛，“我要从你所有的财产中挑一样东西，不过我不能告诉你是什么。不管我挑什么，你都必须答应。”

傍晚的微风吹拂着葡萄叶子，陈祎闻到了邻家厨房里飘出的饭菜香味。

“好。”他说。

司机爽快地打开车门：“成交。”

陈祎缓慢地穿过玩耍的孩子、下班的大人、蝉鸣、狗叫、锅铲的碰撞声、蔬菜从水池里捞上来溅起的水声，向比回忆中小多了的花园走去。桑树比他以为的还要矮小，他不能想象如此瘦弱的枝干如何承载晴天里晾晒的被子，而他又是如何藏身于叶片稀疏的树冠当中。记忆中的葡萄架是一副华丽的篷盖，绿叶肥厚，果实累累，足以让一家人栖身、赏月、吃西瓜，而眼前的小棚子低矮破旧，零落挂着几颗青果。

陈祎站在院门前，木条钉成的简易花园门只到他腰的位置。这扇门曾经很高，牢不可破，他必须高举双手，踮起脚尖，才能够到门闩。但复杂的门闩怎样也无法被两只小手打开，数次出逃只能终结于大哭一场，被大人拎回屋内。陈祎用手细细抚摸门闩旁的位置，小刀刻下的“小一”两个字依然清晰。花园门内是一条小径，尽头是蒙着绿色纱幕的客厅前门。

陈祎向纱门望去，一个发福的矮小身影正在屋里弯腰收拾着什么，灰色的短发整齐地梳在脑后。眼泪涌上了他的眼眶。

他抬手打开门闩，想要快步穿过小径，可是他把力气用在了忍住眼泪上，脚下迈不动步子。她的个头原来这么小，像桑树一样。回忆又一次欺骗了他。他记得她的胸脯是那样宽广，他张开双臂，才能从一头够到另一头。被抱在怀里的时候，他可以毫无阻碍地用脑袋和手和脸在她的胸口打滚，同时让身子紧紧贴住她温软发福的肚子，不用担心滑下去。她胸口那一片的确良的灰布，和灰布后面厚实的胸脯，是他回忆中最温暖的所在。

她看到了他，立马站起来打开纱门，快步向他走来。他张开双臂，想要把她搂在怀里。然而在她站起身来的这一刻，她忽然又高大起来，像记忆中那样强壮、宽阔，他必须仰视她才行。她笑眯眯地看着他，很快又看到了他脸上的涕泪俱下，显出同情又担忧的神色。

“小一，怎么哭了？”她皱起眉头。

他发现自己张开的双臂变成了两条高举的细瘦胳膊，她弯下腰，双手往他胳膊下一抄，就把他高高举起，放在了自己肩头。他还没有来得及对眼前的变故做出反应，她已经行云流水般将左臂往他屁股下一垫，右手往他腋下一扶，他不由自主地双腿一弯，稳稳地坐在了她胳膊上。

她把他托到和自己视线水平的位置，掏出手绢在他脸上揩了一把。

“乖孙，不哭，娭毑抱。”

在他们分别后的漫长的三十年里，他从未再次见到她的脸。此刻笑容和皱纹都近在咫尺，做梦一样难以置信。他向她伸出手去，还没摸到脸，就被她一把捉住了。

“乖孙，不抓娭毑头发，刚刚梳整齐。”

她右手在他后背轻抚，他顺势趴到了她肩头。在那一瞬间，在衣服领子的质感、脖颈的皮肤、灰色的发尾之间，他闻到了那个味道——那个虚无缥缈、无法捉摸，尽管分别数十年仍然记忆犹新的味道；深深镌刻在他生命的最初，同样也将陪伴他直到旅途终点的味道。它无法用语言形容，无法用工具记录，无法用容器携带，甚至在漫长的思念之后，无法像流沙那样让他拥有短暂一瞬。他抓住她的肩头放声大哭起来。

哭声让她收紧了胳膊，将他紧紧圈在怀里，一面哄，一面轻轻摇晃着回到屋里。

“乖孙呀，刚刚已经好了，怎么又哭了？哦，我知道，我知道，因为爸爸妈妈没有去幼儿园看你演节目，是不是？”她念念叨叨地，打开了餐桌上的纱笼，里面放着一碗卤水豆腐干。

“不是！不是！娭毑坏的！”他着急地喊。他要告诉她分别后这么多年来的事，告诉她他已经是大人了，专门回来看望她。然而他的目光被她手里的豆腐干吸引过去，不由自主地接过来放进嘴里。很快他的腮帮子鼓了起来。

“乖孙呀，坏的人都被派出所抓起来了，娭毑是好的。娭毑昨天上午买青菜，特意绕路到幼儿园的小礼堂看你演节目。你演了南瓜是不是？娭毑看见了。好乖的一个，脸蛋又圆，额头中间还点了红点。从来没有见过这样好看的南瓜。娭毑没有照相机，要是娭毑有爸爸的照相机，就去把你的相片拍下来，天天带在身边。以后娭毑走了，看着相片，就是看见我乖孙。”

他哭个不停，但是嘴里塞满了豆腐干，一句话也说不出来。他曾有这么爱哭的时候？她用手绢给他擦眼泪，紧紧地把他抱在怀里。

“乖孙，今天要多笑一下，让娭毑记得你笑眯眯。”

他止住哭，眼泪还在往下掉，抽抽搭搭地说：“我，有好多事……要说……委屈……”

她揉着他的头发，讲：“豆芽菜一样的细伢子，哪里有好多事委屈？”

他争辩：“不，你不晓得，我已经是个大人了！”

她笑了：“是哟，幼儿园已经毕业了，演了毕业节目，过完暑假，就是小学生了。”

他忙说：“不是小学生，是很大的大人，有很多烦心的事。”

她还是不明白他的话，笑话他说：“即使做了大人，也还是很年轻的大人啊！有很多日夜，去过烦心的日子。”

他不再争辩。时间有限，而他想重温的太多，好不容易平静了一些，他听见自己说：“我想吃萝卜条。”

“萝卜条是秋天晒的，现在没有啊。”

“我想吃烤糍粑。”

“糍粑是冬天烤的，现在也没有啊。”

“那现在有什么？”

“现在是夏天。乖孙，那些都来不及了，娭毑给你讲故事吧。”

她把他抱到竹子做的单人床上躺下，他不明白为什么要在这个时间睡觉。窗外传来汽车喇叭的催促声，他们两人同时往窗户的方向看了一眼。

他一下坐了起来：“不要听故事。”他还有很重要的事情没说。

但是她把他的小身体按了回去，让他把头枕在自己怀里。

“乖孙，娭毑给你讲，孙猴子给唐僧买菜……”

“又是孙猴子。”他被熟悉的质感包围，抓住她的手，像捻纱一样捻着她的衣襟。

“唐长老每天要吃菜，孙猴子每天就要买菜，一天不买，就没有菜吃。何解不让二师兄去买？二师兄猪八戒，最恨不得师傅派他去买菜，买一提篮小菜，他路上要吃掉一半，袖子里还要笼两只火烧，夜里师傅睡了偷着吃。何解不让沙和尚去买？沙和尚人实在，不买火烧，不偷吃小菜，但是他箱子重，走得慢，等他买了小菜回来，师傅已经饿得见了佛祖……”

夕阳照进了窗户，香樟树叶的气味飘了进来。他依稀听见屋外空地上，女孩子们在跳皮筋、丢沙包，男孩子在沙堆上打游击战，过不了多久他们就会被大人一一拎回家，因为院子里乒乓不绝的锅铲声已经响了起来。他感到眼皮发沉，这是危险的征兆，他赶紧清醒过来：“娭毑，你老家在哪里？我以后去看你。”

“我老家在乡下。”

“哪个乡下？”

“前面一片水田，屋后一棵槐树，就是我家。”

“再讲讲……”他的眼皮又重了，像乌云压境，模糊地说出最后几个字。

“乖孙要听娭毑的故事，娭毑就再讲讲。娭毑呢，以前是地主家的小姐，娭毑的父母，在家里养了八哥鸟。中秋晚上把八哥鸟舌尖剪掉一点，涂上人血，以后就会讲人话。乖孙，闭眼睛。娭毑大了以后，嫁给一个教书先生，生了三个毛毛。但是运气不好，三个毛毛都没留住，没过几年，教书先生也死了。娭毑只好到城里做事，在粮油商店帮人搬白糖。乖孙，两只眼睛都要闭。白糖口袋好高好大，娭毑两只手上都是糖。来买白糖的雅礼学校的幼儿园校长，看娭毑读过书，会念诗，会讲故事，让娭毑去当保育员。做了几年保育员，要搞运动，成分不好，不准照顾革命下一代。娭毑不想回乡下，乡下到处是教书先生和三个毛毛。幼儿园的校长看娭毑会带小孩，就介绍到老师们家里去当保姆。娭毑一共带了二十三个小孩，头发就白了。准备回乡下养老，车票买起了，网兜子装起了，蛇皮袋也系紧了，这时候我乖孙的爸爸来了。乖孙的爸爸说，乖孙的妈妈要生小孩了，原来请的保姆突然来不了，临时要找人，找不到，让我去帮几天忙。我跟乖孙的爸爸到了医院，等了一天，乖孙生出来了，妈妈肚皮上挨一刀。本来只要帮几天忙，但是在产房门口一看到我乖孙，几天就变成了几个月，几个月又变成了几年……”

黄昏缥缈的光线在他眼前慢慢退去，饭菜的香气和屋外的喧闹也远去了，他落进柔软的黑暗中。窗外的汽车喇叭响了第二遍，他看到床上的小人儿软软地放松了身体，紧攥着娭毑衣襟的小手也松开了。她把他挪到枕头上睡好，肚皮上盖一条枕巾。原来他是这样睡着的，原来她的一生是这样的——他想着，发现自己已经退出房间，回到了纱门外面。他扭过头去，看到司机冲他挥手：“上车走了！”

他最后看一眼屋里的陈设：四方饭桌，四只酱色板凳，一只藤椅，洋漆矮柜，五斗橱，两只暖水瓶。短短几步路，走出花园门。在关上花园门的一刻，他的余光瞥到了放在客厅纱门边的东西，他的心揪紧了。

那是一只红白蓝相间的蛇皮袋。他进屋之前，她弯腰收拾的，大概就是这只蛇皮袋。他记得它。他忽然明白了她为什么在这个时间哄他睡觉，在遥远的记忆中，就在上小学前的某一天，他一觉醒来，她就不见了。不。他赶紧去开门闩，想冲回屋内晃醒那个睡着的自己，但是门闩又变成了记忆中复杂的样子，按、扭、掀、转，怎样也打不开。汽车喇叭响过第三遍，她似乎也听到了喇叭声。他看到她直起身子，去拎门旁的蛇皮袋。他用力摇晃花园门，试图用身体把它撞开——就像撞在一堵砖墙上。

“喂，喂——”司机打开车门，从驾驶室蹿了出来，“门关上就不能再打开了——”司机喊道。

她打开纱门，不知从哪儿刮来的风推得花园门哐哐作响。她望着花园门，定定看着空气中的某个方向。他看着她，停下推门的手，说：“我在这儿，开门，我在这儿。”司机捉住了他的胳膊：“走吧，车要开了。”他揪住司机：“她要走了，让我和她告别。”司机摇头。他说：“我知道，要加钱。”司机说：“多少钱都不行了。”他挥拳打在司机鼻子上，司机恼怒地用大手架住了他的胳膊：“打工作人员要罚款的！”

她没有继续往前。她把包放下，又回到了屋里。隔着纱门，他看见她拥住了睡得香甜的小人儿，布满皱纹的脸贴在温热如果实的小脸蛋上。

“乖孙。”她说，“乖孙，娭毑走了。你读小学了，娭毑回乡下去了。”她从贴身口袋里摸出一样东西，拴在小人儿的手腕上。黄昏的光线中，他看见那是一枚银制的长命锁。

“你看，她和你告别过的。”司机说着，松开了抓住他的手。

陈祎定定地看着她关上纱门，拎起袋子，穿过花园，打开门闩，从他身边走过，走向空地那边停着的一辆小巴。那辆小巴也是他记得的，每天早晚各一班，从单位大院开到长途汽车站。小巴司机跳下车，帮她把蛇皮袋扛上去。她也上了车，从车窗里往他的方向望过来。小巴发动了，驶出空地，驶向外面那条长长的小路，他所不能及的地方。车子转过弯去，他看不见她，她也看不见花园了。

他被司机拽上车，茫然地坐在副驾驶座上。车子发动了，他们又一次轻柔地行驶起来。

陈祎虚弱地说："你说过她看得见我的。"

"这得看你怎么定义了。本公司享有一切最终解释权。"司机大言不惭。

"我要投诉。"他说。

"别这样。"司机立刻放缓了语气,"你看,这么难找的人都被我找到了,多少也该谢谢我啊。"

陈祎的目光落在了晃动的银锁上，他把它摘下放进贴身口袋里。她的面容又浮现在脑海中，他转头望向窗外。

他们行驶在一片青翠的稻田边，天气明媚，阳光跳跃。白色稻花落在水里，虾蟹争食，蛙鸣不绝。小孩子的欢笑声此起彼伏。远远地，隔着水田的那端，他看到一排槐树，和槐树下错落的老屋。

如果她还活着，得有九十多岁了，他想。无论他说什么，在她眼里也永远是孩子，即使已经当了大人，也是个年轻的大人，还有许多日夜，去继续过烦心的日子。

他们回到了隧道里，继续赶路，没有再说话。当他们终于从隧道里钻出来，回到高速公路上，天空已渐渐亮了起来。夜色隐去了，雪后的原野蒙上了一层轻烟般的晨雾。北方广阔的平原上，有鸟在收割过的麦茬间觅食，远处的河流像一片浅灰色的绸布。河岸那边，褪光树叶的枝干深浅不一，枝丫间鸟窝清晰可见。再过一两个月，当绿色覆盖了这片灰原，鸟窝里又将热闹起来。

天光越来越亮，扫雪除冰作业车在高速公路上缓缓前行，马达发出有节奏的低鸣。穿荧光工作服的道路维护人员陆续开始工作，往雪地上喷洒除冰剂。这是新年的第一天。

“真是漫长的一夜。”司机说。

“是啊。”陈祎说。

他们转过一个弯道，远远看见了陈祎被撞坏的车子。车子前面拉起了警戒线，警车、救护车、新闻报道车、拖车停在路边，交警和穿白大褂的医生穿梭忙碌。看来，早班巡视的高速交警已经发现了他昨晚惹下的麻烦。

“前面就是了，我把你放在这里。”司机说。

“他们见我不在车上，会不会算我肇事逃逸？”陈祎感到有些紧张，不知道会被扣多少分。

“这你不用担心。”司机停下了车。

“还不知道你怎么称呼。”陈祎向司机伸出手来，“贵姓？”

“免贵姓贾。”司机温和地说。

陈祎跳下小货车，向他挥了挥手，朝人群走去。两个年轻医生正从救护车上往下抬担架，警察扛着电锯在他的车门边忙活。电视台记者对着镜头直播新闻：“昨晚除夕之夜，一名独自驾车的男子在京藏公路出京方向 218 出口附近发生车祸。被发现时，驾驶员深度昏迷，车辆损坏严重。经过数小时奋战，救护人员终于拆下了卡住驾驶员的车门……”

几个人把被锯开的车门抬到一旁，小心翼翼地把卡在驾驶室里的司机解救出来——在那惊讶的一瞬间，他感到十分迷茫，又似乎全都明白了过来。他感到身处旋涡，随即被巨大的吸力俘获，装进一个沉重的躯体。下一个瞬间，他的轻盈自如消失了，费尽力气也动不了一根手指。他努力把眼皮抬起一条细缝，模糊的人影从上方俯视他。

“他还有呼吸！”

“不可能。”

“少废话，快，给氧气……”俯视他的人手忙脚乱地说。

在救护车车门关上的那一刻，他努力向来时的方向看去，雪后的公路舒展如绸，川山快递公司的小货车早已没了踪迹。

陈祎出院回家时，北方短暂的春天已经过去。他的腿骨和腰椎里打了好几颗钢钉，走路有些摇晃。前妻开车来接他。虽然在新年的前一天他们已经办过离婚手续，但发生了这样的事情，她还是承担了定时去医院照看他的麻烦。

按照离婚协议，他是搬出去的那个人。

“你可以先住几个月，过渡一下。身体恢复了，再出去找房子住。”她说，“反正，我已经搬到新家那边去了。”

她扶他走出电梯，递给他一把新的门钥匙，说：“你知道吗？我把锁给换了，因为家里来过一次小偷。”

“什么时候？有这种事？”他惊讶地说。他们小区的治安向来很好。

“就是新年后不久，没有丢什么值钱东西。”前妻说，“不过奇怪得很，所有的枕头都不见了。”

“什么？”

“无论是睡觉的枕头，床上的靠垫，沙发上的腰枕，躺椅上的头枕，还是餐桌椅子上的坐垫，统统不见了。”她说，“门窗好好的，根本没有小偷来过的痕迹。”

他愣了片刻，嘴角浮上笑意：“这个家伙，明明说只拿一样，结果全都顺走了啊！”

Playground

他闻到了那个味道——
那个虚无缥缈、无法捉摸，
尽管分别数十年仍然记忆犹新的
味道；
深深镌刻在他生命的最初，
同样也将陪伴他直到旅途终点的
味道。

夜车

by 毛利

一个自诩勤奋但是常年拖稿的作家

台风来的前几天，石楠手机上收到短信，通知她因为天气影响，八号飞往厦门的航班全线取消，请她上订票网站办理退票事宜。

她打电话给男友陈浩，商量该怎么办，对方不疾不徐地提议：那就开车去。

她“噢”了一声，不置可否。如果是三年前，应该会很爽快地答应吧。

当时她刚拿到新驾照，男友也是崭新的。他们开着陈浩的一辆旧别克，没事就四处转转，最远的一次，开到了厦门。一千公里路，她大概只开了一百公里，大多是陈浩开车。她觉得高速开车十分危险，像她这样慌慌张张的新手，紧张得手心冒汗，坚持一小时已经溃不成军。

陈浩那时就像一个真正成熟的男人，在服务区喝完一罐红牛，又精神抖擞像铁人一般上路。她则负责打开点评软件，沿路搜索有什么好吃的土特产。他们在沿海小镇吃过一种个头硕大的鱼丸，还在一个奇怪的地方，买了很多野酸枣糕。半夜从高速下去找小旅馆住，事先没有任何计划，连个稍微像样点的连锁快捷酒店都找不到。陈浩总是让她先待在车上，自己去找。

有一次在武夷山旁找了家小旅馆，两人拎好行李上去，石楠刚从洗手间出来，看到一个中年男子擦身而过。她大为困惑，询问之下，才知道这个洗手间是公用的。两人又搬着行李出去，老板扬言无法退款，陈浩回到车上打报警电话，等警察来后拿回钱，他返回车上急忙启动，头也不回上了高速，走出两百公里后，才在一个服务区停下来，说：累得快死了。

那次旅途的高潮是他们经过厦门一个郊县，石楠看着路边的地产广告，说：天哪，怎么这么便宜？而且还靠海。如果我有钱就买一个好了。

陈浩说：你真的感兴趣？我有钱啊，我有一笔刚发的奖金。

他们近乎鲁莽地在厦门买了一套小房子，写石楠的名字，由陈浩付首付。两人在荒郊野岭一般的楼盘里转了半天，把车开去附近还没建好的公园，海风胡乱吹过来，石楠觉得自己醉醺醺的。这是她成年后第一次觉得自己沉浸在无边无际的爱里，身边有一个这么爱她的男人，让她对一切都心满意足。

那是他们恋情开始的第一年，充满冒险和冲动。那一年的末尾，石楠跟陈浩说：结婚吧，我想跟你结婚。不结婚的话，我根本还不起房子的钱。

对方回答：等我攒够了结婚的钱吧，起码要买得起一只 Tiffany。

从浓烈转到平淡，似乎就是科学家研究出来的十八个月时间。跟上一年的闲散不同，第二年她和他都忙疯了，完全没有四处闲转的时间，项目一个接着一个。石楠开始从冒险主义进入物质主义，她开始想拥有世俗女人该有的一切东西。虽然陈浩在他们刚认识半年时，就送了一套房子，可石楠却说：那有什么用？那种房子，不值钱的。真正的生活是真枪实弹的银子，陈浩，还差得远呢。

他开始变成那种普通的三十岁男人，喜欢足球，爱喝可乐，不喜欢锻炼，最大的消遣是和几个哥们出去吃烧烤，坐在小马扎上就着一盘子烤串喝两瓶青岛啤酒。她成了恋情里那个老是提要求的女人，要去海岛度假，要去日本购物，要去吃排名前十的热门餐厅，要去上海最高楼层的酒吧喝鸡尾酒。陈浩从一开始的无条件满足，到后来无可无不可，他说得最多的一句话开始变成：你想要的，你尽管自己去，我绝不拦你。

石楠在心里大声喊：可我想跟你一起去。脸上则是凝固的表情。事到如今，她觉得爱情已经变成一场保守主义的誓死保卫战，不分手，只因为习惯。习惯住在一起，习惯两人轮流还房贷，习惯因为有他在，没有人把她当成大龄剩女。

于是对于开车去厦门，她只是习惯性地答应了一声。他们非去不可。那套厦门的房子刚开始是他们梦想的最后收容所：一无所有的话，我们就去那套沿海的小房子里——这话在第一年说得最多。他们认为自己十年后没准就会住在里面，站在阳台上有潮湿的海风吹过来，和小孩一起去沙滩捡贝壳，晚饭买新鲜的海鲜，文蛤煮汤，酱油水炒杂鱼。陈浩对这种生活无比向往，以至于一开始一点儿也不愿意卖房，直到后来才说：你的房子你做主。

石楠卖房子的想法很简单，她抽空去办房产证，站在那里无论如何都想象不出来，怎么能在这种荒僻的地方生活。小区外除了沙县小吃，只有一家福建卤面，好歹，要有家星巴克吧？

她被这个俗气的自己吓了一跳。今年她将满二十八岁，进入世俗意义上的高危年龄，父母担心陈浩的诺言到底能不能兑现，她则担心：真的要跟这个男人共度一生吗？

行李很简单，车还是那辆旧别克。上车前，陈浩照旧在加油站买了一罐可乐，石楠照旧搬出自己的理论：这么频繁喝可乐，等到五十岁搞不好你就不举了。像老和尚念经一般说完，她才想到，现在已经不怎么有性生活，谁在乎五十岁时候他能不能搞她？

下午三点出发，天气是适合开车的阴雨天。石楠那天没有吃饭，她最近又在减肥。成年女性的每一次减肥，都像在寻找一个凤凰涅槃的机会，以为少几斤人生就会不同，其实不过是再买一堆花花绿绿的衣服。

她坐在后排，先看了一部法国电影，讲一个三十八岁的女人，因为工作需要，去约会大学男生，最后终成眷侣。这故事看得她哈哈大笑，女人呐，什么时候都需要幻想，不是吗？石楠认为自己最大的问题是，再也没有幻想了，跟陈浩同居的三年，让她轻而易举看到了自己的未来，一个永远没有奇遇的人生。

三小时后天光微暗，陈浩提议在服务区稍作休息，问她要不要吃晚饭。石楠去麦当劳打包一杯黑咖啡，看着男友大嚼五芳斋粽子，又是一瓶可乐，还有一包烤翅。他问她喝什么，她举起杯子示意他喝一口。陈浩皱起眉头问她：你真的不觉得难喝吗？

当然难喝，但黑咖啡能增加新陈代谢。石楠正在指导自己进入一种精英人生，黑咖啡，有机蔬菜，全麦面包，运动手环，体脂率，腹肌……陈浩则是反精英模式，对石楠的一切努力只有一句话：喂，你又没那么多钱，装成这样不累吗？

不累，她乐在其中。波德莱尔说，你们可以三日无面包，但绝不可能三日无诗。她困惑的只是，属于她的诗是什么？

上车后，陈浩说他想睡会儿。比起三年前，现在的他很容易疲惫。

石楠说不如她来开，上路时才发现天暗后视野大不如前，跟白天开车不同，高速路上的夜间行车，就像掉入一个未知领域，周遭的一切都黑乎乎的，像漫步在宇宙中心。

恐惧在一开始占了大部分，只要一有大卡车的踪影，她脑海里就回想起无数小轿车被卡车碾压的画面，她感觉自己像在悬崖边行走，只要一个不小心，就可能掉进再也回不来的死亡里。

陈浩在副驾上闭上了眼睛，偶尔提醒她，前面有测速，碰到摄像头速度一定要放慢。她从来没注意过高速路两旁的摄像头，但在限速100公里区域，一直谨慎地维持着90到95公里的速度。

除了导航仪里传出的“前方500米测速，请遵守交通规则，请按当前道路行驶”的机械女声外，石楠唯一能抓取的就是胎噪声。

一百公里后，手中的方向盘好像顺滑了许多，她叫陈浩用蓝牙连上手机音乐App，在听过欧美流行乐、80后相声、华语榜后，最终选择了古典乐，一种唯一不会在二十分钟后就觉得太聒噪的声音。

她对古典音乐一窍不通，只粗略知道一点《命运交响曲》之类的，这天晚上却听得很愉快，屡屡想起自己偶尔去酒吧，会点的一种叫old fashion的鸡尾酒。奇怪吧，喝一口感受下那种复杂的层次，立刻好像回到了那个久远的年代。

晚上十点后，高速上的车明显变少。陈浩问她累吗，不知道是黑咖啡的作用还是饥饿的作用，石楠少有地精神焕发，摇头说一点都不累。她看到导航仪上显示的预计到达时间，还有五个多小时。

怎么样？不要中途借宿了吧。我一点儿也不累，可以一直开下去。

陈浩点头，说：累的时候一定要叫我。他已经换到后排，身体斜靠在座位上，将一双脚搭在前排位子中间，号称这个姿势真的舒服极了。

石楠无视那双脚的位置，就像她无视陈浩的无数毛病一样。情侣生活的一项重要课程，大概就是忍耐吧。激情燃烧完后，两个普通人必须时刻原谅对方身上最凡俗的一面。

接下去的一段路都是80公里限速，一个又一个的长隧道，在光和影的变幻中，汽车以恒定的速度仿佛永不停止般向前驶去，咖啡因和她体内的孤独因子结合，好像变成了一种源源不断的永动力。

路过高山，路过大海，路过一阵飘忽的细雨，路过半个黄色的月亮，她想起五年前一次一千多公里的自驾。一个人去拉萨，排队等拿尼泊尔的签证，后面两个中年男子问她是不是去尼泊尔，他们第二天下午就会开车去，她有兴趣搭车的话，只需要分摊一点油费。她毫不犹豫地答应，说好啊。

第二天集合时，其中一个男人有点犹豫，问她：另外一个搭车的也是男的，只有你一个女的，你怕不怕?

石楠那年二十三岁，浑身上下的勇气多得要溢出来，下午她坐上那辆牧马人，发现和她一样坐在后排的，是一个比她还柔弱的男人。

他们走中尼公路，直奔樟木。中年男人中身材瘦削的掌舵，一个胖乎乎的坐旁边，一上车就致歉说，打算开一夜的车，所以会抽烟，还会听一夜的评书。

日落时，瘦子将车开上公路旁的山坡，他们四个人坐在车顶，看太阳似乎从眼前慢慢滑落。瘦子感慨了一声：每次看见这样的景色，我就觉得生活中那些琐事太无聊了。

二十三岁的石楠觉得那句话颇为矫情，生活的无聊不是你亲手塑造的吗？

开到后半夜，车上醒的只有两个人。石楠到底还是怕死，她觉得自己二十三岁的生命不能因为一次冒险就失去，所以竭尽全力陪司机聊天。过边检时她看到他的身份证，1970年出生，比她大整整十八岁。

高瘦，放在今天，大概会是个很讨小姑娘喜欢的大叔。大叔在后半夜时，忽然多了很多人生的思考，跟石楠说，如果你有的选择，最好不要结婚。

结婚啊，是世界上最无聊的事情。他打开车窗缝，点上一根烟，高原清冷的空气吹进来，让石楠打了一个哆嗦。女人总是认为男人每次出行都是为了外遇，其实我开车在路上，只是为了不回答她提出的每一个问题。石楠心想，自己应该不会成为这么无聊的女人吧。

后来他们不再聊婚姻，各自聊发生在路上的趣事，在黎明破晓前，大叔叹了口气说，如果我年轻十岁，一定会追求你这样的女生。

石楠把这当成一个恭维，收了起来。他们道别后在加德满都马路上碰到过一次，大叔早就没了茫茫黑夜中的有趣，微微驼着背，像一个最标准的游客般，挑拣着地摊上拙劣的手工艺品。

她在五年后独自驾车的夜晚，又想起这个恭维，不禁觉得讽刺。陈浩几乎每隔一段时间都会抱怨：你到底为什么有那么多为什么？他并不想回答自己为什么上厕所，为什么出门，为什么晚回家五分钟……

真的是害怕他出轨吗？石楠解释不了这个问题，与其说害怕出轨，不如说她隐隐盼望着一次背叛，这样就可以毫无负担地走出这段关系。

她发现长期关系中，她仍然要面对无穷尽的孤独。比如在这样的夜晚，后面发出微微鼾声的男人，留她一个人赤手空拳面对黑夜，这样的关系到底有什么用呢?

车进入最后的两百公里，路上起了一段雾，石楠终于觉得精疲力竭，叫醒身后的陈浩：我好累，开不动了。

陈浩从后面睡眼惺忪地起来，睡歪的头发让他像一个十四岁的小男生。在空无一人的服务区，他在车外做了几个伸展动作。石楠不停摆动已经有点发麻的右手，满意地看着自己毫无赘肉的腰腹。

凌晨三点，陈浩上驾驶座，向最后的两百公里冲刺。石楠本来试图闭上眼睛，但还是无意识地聊起了天，聊起她多年前的另一次高原骑行。因为同伴的车坏了，他们搭上一辆大卡车，当时正值斋月，穆斯林司机一天没吃东西，五点太阳落山后，向日落方向做了一通祷告，才拿出白色布袋装的馍饼，吃起来。

陈浩说你饿的话后座有面包，石楠再次沉默。显然，他始终注意的是面包，石楠在意的则是那些关于饥饿的记忆。

他们在五点钟终于开到厦门，耗时大约十五个小时。

在高速公路上从天黑走到天亮，是种很奇特的经验，从混沌的黑夜里杀出来，天一下子清亮起来，周遭的一切都有了明亮的光。石楠忽然发现自己其实很享受开夜车，她已经很久没有跟孤独相伴，城市里每个人都在想方设法逃避孤独，她一路开下来的感觉却是，这种孤独感终于让她从各种物质享受中，逃脱了一会儿。

或许她真的不需要婚姻，不需要陪伴，她更需要一辆车，一个人，驶向没有尽头的远方。

她在脑海里构想出大胆的假设，分手，辞职，像几年前独自去西藏一样，再一次踏上一个人的旅程。

她迫不及待地想跟陈浩交流这样的想法，没准他也一样呢。

他们把车停在环岛路海边，两人一起往沙滩方向走去。天上云彩很厚，看样子不会有日出，台风送来的海风格外猛烈，吹得石楠头发乱作一团。

等她拨开脸上的头发，看到陈浩单膝下跪，手里擎着一枚六爪钻戒，满脸激动地说：嫁给我吧，石楠。

……

她戴上戒指，整晚酝酿的梦想，被台风刮了个干干净净，没有任何残留。

去吉姆酒馆的好天气

by 苏更生

作家，网红，爱德华·诺顿女友

不知道从什么时候开始，袁志明下班后总喜欢在车里待一会。一开始他只是想把那首没听完的歌听完，发几分钟呆再回家。后来越坐越久，他觉得车内狭小的空间里很舒服，什么都不用想，现在能坐上一两个小时。

旅行的念头是他听歌时冒出来的。当时他有些兴奋，为什么不呢？算了算银行卡里的钱，够买一台房车，还能再还一年房贷，维持家庭开销。他迅速打电话跟公司提出停薪留职，并且不打算把这个主意告诉江晓舟，对，一定要瞒着老婆。他的计划是先去内蒙古腹地戈壁边缘的某个村庄，回一趟吉姆酒馆，再开着房车环游全国——这趟旅行可不是随随便便的，而是完全为自己准备，绝对私人的旅行！

可是现在，旅行到一半，这个女人却突然出现了。袁志明想，为什么她根本没有下车的意思？郁闷啊，他又不好意思直接让她下车……为什么他总是不能对女人硬起心肠呢？

或许因为他是个软弱的男人吧？袁志明 45 岁，IT 公司销售总监，常年在外出差，一走就是两三个月，儿子正在上中学，妻子江晓舟也是白领。前两年的时候，袁志明稍微有些疲惫。大学毕业进入职场，他从未休息过。几年前，他跟江晓舟提过一次想辞职的事，她开始说好啊，请假休息一段时间看看。假期开始的那个早上，他起了床，不知道自己要干什么，干脆抱着电脑待在床上打游戏。打了几天游戏，江晓舟不经意地说了句：你要不要去报个班什么的？袁志明没抬头，问：报什么班啊？她说读个EMBA之类，以后用得上的，他们公司总监最近就去了。他没接话，但是游戏也不打了，每天早点起床为妻儿做早饭。假期结束，他就准时回公司了。袁志明是有些怕老婆的，不管怎么样，还是不想让江晓舟不开心，对付女人，他从来就不拿手。

三个月前，袁志明筹备好了秘密旅行。初夏时分，他终于出发了，像往常一样，跟江晓舟说要出差。他计划每三个月把车扔在某个机场，回家住一周，再飞回机场，这样整年的旅行就毫无破绽。当然，他得做好保密工作，不在任何社交平台上发照片，以免穿帮。袁志明愉快地开着新车上路，夏日的晴空在车顶上闪闪发光，那天他戴上了新墨镜，愉快里带着一丝梦幻，因为他将去的地方就是梦幻之地——吉姆酒馆。他记得它在一个叫临石县的地方，但他并没有意识到，三十年过去了，要找到它，并不那么容易。

实际上，当袁志明到达临石县后，他问了许多人，又去县政府打听，有酒馆的这个村庄却没人知道。根据他的描述，那个村庄似乎应该在戈壁里，应该再向西走一些。有人甚至怀疑他不太正常，一个城里人，去戈壁里找什么酒馆，北京不是有很多酒吧吗？不过这并没有影响他的心情，时间也还很多。他给家里打了电话，说出差时间再长一些，过阵子再回去。

虽然没能找到吉姆酒馆，但这也没让袁志明多沮丧。这三个月，他在牧区乱逛，夏天的内蒙古草原上空无一人，只有平坦宽阔的草地和无边无际垂落而下的云。偶尔袁志明会看到一群牛羊，偶尔会路过一些蒙古包。更多的时候，都是寂静的、空旷的，只有一片崭新得发亮的绿色。

只有偶尔露营时，才会遇到其他的房车，司机大多是些只身上路的男人。他们搬出桌子，在夏日的夜空下喝啤酒，话题总是离不开路上的艳遇。那些在马路上搭车的女孩子，似乎很轻易可以和陌生人过夜，换一晚睡觉的地方。有几次，袁志明也遇到那种穿着长裙，独自站在路边的女孩，每次他都会犹豫一下，但最终都没有踩下刹车。他潜意识认为，这些女孩在空无一人的草原散发着强烈的女性魅力，是一种圈套。倒不是袁志明有多清高，只是他觉得这些女孩很危险。袁志明坚定地觉得，现在的自由特别宝贵——女人，千万不要再惹上女人了，一个已经够烦了。他觉得内蒙古只合适一个人旅行，连心里都容不下第二个人。

可就在昨天傍晚，袁志明支开窗户做饭，他听到车门处有声响，回头看见一个女人正提着箱子上车来。他没太吃惊，有过几次不请自来的人，问这房车多少钱买的，能睡多少人之类，都被他敷衍着赶下车去。这个女人看到袁志明，却只说了一句："哎呀，侬好，今晚要降温，我必须睡这，不然得冻感冒。还好有沙发。"

这个女人就是吴秀莲。她看起来很疲惫，搭车之旅似乎不太顺利，她是个 50 岁的女人。

袁志明看着眼前这个女人，惊呆了……不是说她直截了当地提出了过夜的请求，而是她穿着太过诡异：一条深红色的连衣裙，配一条一米多长的珍珠项链，披着似乎是波西米亚风格的围巾，头戴着一顶呢帽，胸前挂着单反相机。怎么说呢，袁志明觉得，这些衣服本身并不怪异，只是穿在一个面容不再年轻的女人身上很怪异。袁志明觉得她说得没错，即将降温的晚上，赶她下车是不对的。

吴秀莲上车后，立即自顾自忙碌起来，摊平沙发，铺上自带的毛毯，在洗手台上铺开护肤品，挂钩上已挂好围巾帽子。车里似乎有了种女性气息，似乎女人理所应当得占领男性的空间。

袁志明被挤到门边，他叹了口气，说："大姐，你明天怎么走？"

"哦哟，谁是你姐啦？你们北方人怎么回事，张口闭口大姐大姐。"

袁志明不甘心，说："我接下来就要去戈壁里了，那里很苦的，明天你还是自己找个地方住吧？"

吴秀莲正把衣服掏出来放入水池，头也没抬，说："我也要向西走啊，我们先一起走呗。"

"你怎么知道我要向西？"袁志明问。

吴秀莲指了指贴在车厢里的地图，这是袁志明最近为了找吉姆酒馆做功课买的，标记可能要去的方向。他猝不及防，又不好意思直接拒绝，只好说："那行吧，我把你带到戈壁边上，然后找个旅馆把你放下。"

第二天起床，吴秀莲已做好早餐，煮了咖啡。袁志明不得不承认，她煮的咖啡很好喝，熬的粥也不错，甚至还有一小碟榨菜。他这几个月吃胡乱煮的食物，现在能吃上像样的早餐，感觉胃受到了善待。

吃早饭的时候，吴秀莲问袁志明去戈壁做什么。他解释不清楚，含糊地说要去某个村庄里的酒馆。

上一次去的时候，袁志明还只有 15 岁。准确地说，他是被紧急送到那个村庄的。那是上世纪 80 年代，他还在老家上高中。他和街头混混们游荡计划了很久去偷一批摩托车，打算卖掉赚笔钱。由于毫无经验，不知道如何运车，他们被抓到了公安局。袁志明回想起这件事，一点都没觉得害怕，甚至有些刺激，这几乎是他庸常人生里唯一的冒险。当时警察用枪顶住了头，让他们在墙角蹲了一晚上。袁志明不知道父亲花了多少钱才把他保出来。父亲担心他再被警察带走，于是托人把儿子送到内蒙古乡下战友的老家去住几个月，起码躲过这件事再回来。

袁志明也不知道是怎么去到那个地方的，只记得坐了很久的火车，下了火车有人来接他，又坐了很久的拖拉机，最后换上了牛车，在荒野般的戈壁上走了几个小时才到了那个村庄。

那天晚上刚到村口，他就看到了吉姆酒馆——一间建在村口的土坯平房，窗口透出橘黄色的光晕，照亮了屋前的一小块土地，门口的大树也显出了轮廓。酒馆里传出了阵阵歌声，似乎是有人在欢乐地合唱。袁志明立即被吸引住了，问赶车的人这是什么地方，车夫大笑着告诉他，这里是吉姆酒馆啊！

这是他第一次听到吉姆酒馆的名字，对于它的来源却不太清楚。这间酒馆似乎已存在多年，至于谁先叫的，人人都不清楚，但是四周的乡民都爱来这喝酒，有些人甚至深夜骑马过来，喝上几杯二锅头，在半醉间又跨上马回家。那时候，似乎只有二锅头可喝，特别有劲，吉姆酒馆还有另外一种自酿的散装粮食酒，但不如二锅头受欢迎。酒馆没有吃的，最多能下碗面条。那些沉默的男人似乎只是为了喝醉。袁志明现在回想起来，吉姆酒馆该是个快乐的地方，没有人会在喝醉后流泪。

这段莫名其妙的回忆，以及找了三个月仍无影踪的酒馆，他怎么跟一个外人解释？至于到底为什么呢，他自己也不懂。好像吉姆酒馆是他人生的分水岭，离开之后，他回到镇上，进了新高中，父亲不准他再见以前的朋友。日子无聊，他认真学习起来，考上北京的重点大学，进了公司到现在，他的人生平顺得乏味。在吉姆酒馆之前，他浑浑噩噩；吉姆酒馆之后，他进入了一种另外的浑浑噩噩。不管怎么样，袁志明觉得不对劲，他想知道答案，但似乎只有回到吉姆酒馆才能发现问题。

为此他必须找到吉姆酒馆。至于吴秀莲，算了，等几天再把她放下吧。

就这样，袁志明带着吴秀莲出发了。他惊讶地发现，这个女人竟然带着两只大旅行箱，里面全塞满了衣服（已叠好并占满车厢内的所有柜子），她似乎有上百条裙子、几十条围巾。让他更没想到的是，几乎每走几个小时，吴秀莲就要下车自拍（有时候也喊袁志明拍）。她停车自拍后，就要做饭，准时吃三餐，必须三菜一汤。袁志明本想抱怨，但在这种荒凉的戈壁边缘，每日大风呼啸，能喝上一碗热汤，足可抵消走得太慢的烦恼。

白天的时候，袁志明开着车，吴秀莲坐在副驾驶位上玩手机。到了晚上，袁志明睡在上层的床铺上，吴秀莲就展开沙发，睡在下面。袁志明稍微觉得有些尴尬，他尽力不去想床下的女性身体散发的气息。

他们在戈壁边缘走了几天，袁志明知道了吴秀莲原先是上海一家纺织厂的女工，最近刚退休，先生去世了，女儿结婚有了自己的家庭。她想环游中国，但退休金并不多，只能靠着搭车和住便宜旅馆才能走完旅程。他觉察到她不是很开心，可人生到了半途，很少有人能开开心心吧？——不过袁志明也不是很确定，起码吉姆酒馆的那些人就很快乐。当年喝酒的时候，大伙散坐四周，人人都很和气，用方言谈论微薄的收成，快喝醉的时候就随着半导体收音机播放的音乐唱起了歌。

吉姆酒馆是袁志明唯一见过的乐土。他还记得吉姆酒馆的弥大叔和女儿弥月。那时弥月也才 15 岁，没上过学，一直在酒馆里帮忙，她是个害羞的圆脸姑娘，一双眼睛闪闪发亮，两条麻花辫垂在胸前，普通话说得不好。村里很少有外来人，弥月有些怕生，每次给袁志明端碗面总是低着头。在袁志明的印象里，吉姆酒馆总是挤满了人，弥月的妈妈好像很早就去世了，大家对弥月父女都很友善，从不讨价还价。即便是醉酒后，也不会骂人打架，总是烂醉前就让自己离开。袁志明想，30 年了，弥月不知道怎么样了，弥大叔身体还硬朗吗？他已经忘记当时大家喜欢唱的歌了，现在也不会有人唱那些老歌了。

晚上睡觉的时候，车厢里很安静，袁志明总是想着吉姆酒馆，当年的那些旋律似乎还在耳边回荡，那些快乐的面孔，似乎从未褪色过。但吴秀莲却只听到车外刮起了大风，这时她总是敲敲头上的床板，要么问车里有没有多余的被子，要么问明天到什么地方了，要不要去菜场买条活鱼。袁志明有些无语，她怎么还没有想走的样子？

他查了地图，如果运气好，吉姆酒馆就应该在戈壁深处。袁志明打算再花一两个月继续找。有几次，他想把吴秀莲撇在路边的旅馆里，但她总是装模作样去旅馆问问价钱就回来了，要么抱怨太脏，要么太贵，有时候甚至是嫌第二天早上赶车太累，还是要住车上。袁志明也逐渐觉得带着她并不是太麻烦，于是默认了这个结果。或许是他们都感觉到了金子般的夏日已然消逝，寒冷潜伏在黑夜里，旅行的时候多个人陪着，并不是那么糟糕。

他们在路上走走停停，终于到了戈壁深处，四周都是裸露着的土地，不远处稀拉伫立着奇形怪状的植物，笔直的公路似乎要延伸至天际。每隔几十公里在道路的交叉口才会有几幢房子，破旧的“停车吃饭”的牌子在风中晃动，字迹拙劣，油漆剥落。这些房子为过往货车司机提供食宿，外带修车加水，像临时拼凑起来的驻扎地，随处扔着饭盒、换掉的轮胎，当然了，还有用过的避孕套。

这些都不是吉姆酒馆的所在地，袁志明非常确定。吉姆酒馆所在的村庄住满乡民，他们开垦荒地种植耐旱的作物，养牛养羊维生，日子过得不至于如此凑合。但他觉得正在接近吉姆酒馆，因为车窗外的景色变得越来越熟悉，虽然苍凉，但就是他曾经住过的地方。他 15 岁那年，来到这片戈壁，每天早上起来，听着风呼啸而过。乡民说这里是风的故乡，他们对狂风走石毫不介意，仍在街上聊天喝茶。袁志明记得这种风，没错，就是这附近了。

他们在戈壁玩了一阵子，顺便打听吉姆酒馆。这里的人都是新来的，没听过这个名字。袁志明决定到沙漠边转几天，他提前规划了路线，只要不深入腹地，就不会有危险。两人补给了食物，带上了足够的水，检修了房车，换过新胎，继续上路了。吴秀莲知道袁志明要去找这个什么吉姆酒馆，但不太清楚他找它干什么，但既然有免费房车可住，又能去沙漠旅行，没什么意见。

有天晚上，袁志明发现自己的脏衣服全都洗净晾干，整整齐齐地叠在柜子里，他突然有点不好意思。虽然这个女人很烦，但确实是勤快。吴秀莲整天忙这忙那，到了晚上，她就开始修图，把自己的各种自拍 PS 得更美一些，然后发在网络上。

车越向西走，风就越大，村庄越来越少，连停车吃饭的路边餐厅都很少见到。初冬已至，袁志明和吴秀莲尽量不下车了，快到日照时间最短的季节了，每到 5 点多，天就全黑了，他们提早吃晚饭，提早上床睡觉，但夜晚还是显得太长。

他们偶尔会聊天。吴秀莲告诉他，以前在纺织厂上班，每天机器轰鸣，退休后听不到机器响简直难受死了。不过她并不想回工厂，她在那里没有朋友，大家都不喜欢她，工友对她奇装异服的接受度不高。以前年轻的时候只知道她爱俏，把所有的工资都花了穿衣打扮上；但年纪大了，加上先生去世，吴秀莲依然我行我素，厂里的人就奇怪她为什么不能像别的退休女性穿宽大的外套，把自己藏在人群里。所以当她想加入厂里的退休职工俱乐部时，就被拒绝了。

袁志明听着听着就忘了，他对女人间的事不太上心，或许这个穿着古怪的女人也很孤独吧，像他一样。每个人都是孤独的，只是孤独的外貌不一样而已。

几天后，他们真正进入了沙漠。举目四望，一片温柔起伏着的黄沙中，什么都没有，只有风，掀起一片片的沙幕，证明这里仍是地球的角落。不知道那些蜿蜒堆积的沙山后是否有绿洲，但此刻它所展示的，只有荒凉。袁志明不禁有些沮丧，一路上他找了很久，吉姆酒馆仍不见踪影，难道是注定回不去了吗？

那天晚上他们驻扎在沙漠里，袁志明破例喝了很多酒，躺在沙发上不说话。房车内空间不大，吴秀莲没有地方坐，就让他让一下，回自己床上睡去。

袁志明正在生闷气，理也不理，又开了一瓶二锅头喝。

吴秀莲讪讪的，搭了这么久的便车，这是袁志明第一次脸色不好看，她坐回副驾驶位。

房车内空间狭小，但谁也不能出去到沙漠里透口气，窗外狂风呼啸，风沙扑打窗户。车厢内灯光昏暗，两个人都不说话，有些尴尬。

吴秀莲看了看手机，发现信号很差，她突然问他：“你出来玩了这么久，家里人不担心吗？”

“不知道，我骗老婆在广东出差谈生意呢。”袁志明说。

“哦哟，你这个男人，真是的。”她说道。

“这有什么，我老婆根本不懂我为什么要出来。”袁志明说。似乎因为是喝了太多酒，袁志明将找吉姆酒馆的事，一口气告诉了吴秀莲。他毫无顾忌，毕竟吴秀莲是个陌生人，虽然同行了几个月，但找不到吉姆酒馆，他们很快就要回去，谁也见不到谁了。他说起吉姆酒馆，又说起自己的生活，他讨厌现在的工作，也讨厌婚姻，他宁愿待在车里也不愿意回家，他说：“结婚嘛，人人都要结的，就像人人都要刷牙，谈不上开心或不开心，就算能换把不同颜色的牙刷，那也还是一把牙刷。”

“你说是不是？”袁志明喝得太多，从沙发上站起来，又大声问了一遍，“你说是不是？”

一直默默听着的吴秀莲，从副驾驶位上站起来，说：“麻烦让一让，我要睡觉了。”

第二天起床，袁志明仍闷闷不乐。他看了地图，不能再深入了。吃完早饭，袁志明开着车往回走。两人沿着来的路线，打算回到公路上。吹了一晚上的风，来时的车辙已经不见了，他慢慢开着。没走多久，袁志明听到砰的一声，车身猛地抖了一下，爆胎了。他控制好方向，缓慢踩下刹车，心里喊了一声糟糕，唯一的备胎已在上次检修时换上了。

爆胎的瞬间，袁志明在心中把一切可能盘算完了，吴秀莲才惊呼起来：“哎呀，要死了，怎么回事？”他检查了车胎，即便再强撑走上百公里也是徒劳，还浪费汽油，手机自从进了沙漠就一直没信号。他担心，这次要被困在沙漠里了。袁志明就近找了一条最新的车辙，把车横在车辙上。剩下的事就是查看车中的食物和水，以及祈祷运气够好，尽快被路过的车发现。沙漠里没什么可怕的，这个季节也不太可能有风暴，不太可能被掩埋。真正的威胁是寒冷，夜晚气温会降到零下 15 摄氏度，如果汽油耗光，有可能被冻死。

吴秀莲明白眼前的状况后，说："哎，肯定会有人来救我们的啦。我走到山顶去试试手机信号能不能连起来，是打 110 吧？"袁志明有些惊讶，她似乎不如预料中惊恐。不过随便吧，让她去山顶试试，万一电话打通，事情就好办了。

过了几小时，吴秀莲若无其事地回来了，告诉袁志明电话打不通，自拍还把电用光了。他叹了口气，女人啊，果然靠不住。他做好了等上几天的准备，尽量节省汽油，白天多穿点躲在被子里，到了晚上再打开车里的独立暖气热水系统，这样虽然耗油，但也没办法了。

那天傍晚，袁志明站在车外看了一场完整的日落，沙漠的夕阳如同一场梦幻，幽深的蓝色逐渐染暗黄沙，再占满整片天空。完全天黑后，他觉得太冷，跳了跳暖和身体，发现完全不管用，就回到车里躺在床上。为了节省汽油，暖气温度很低，被子里也不够暖和。他开始担忧，要真死在这就不划算了，吉姆酒馆还没找到呢。下铺的吴秀莲窝在毯子里抱着电脑修图，她今天还拍了不少呢。袁志明不知道她为什么如此轻松，或许是没明白情况有多危急吧？这样也好，两个人都担心也没用。

这时吴秀莲又敲敲床板，抱怨冷死了，早让他买被子，一直不买。袁志明心想那还不是不知道你会住这么久。其实他的那床也是空调被，不比她的毯子暖和多少，但还是给她吧。吴秀莲换上被子，说："哎，你也一起下来，两个人在一起暖和多了。”他愣了一下——跟陌生女性盖一床被子？但转念一想，这都什么时候了？他爬下床，挤到沙发里，又把毯子再盖上去。两个人果然比一个人暖和多了。

他靠在沙发上，看着玩电脑的吴秀莲。袁志明认真看了看她正在修的照片，面庞略有些松弛，虽然说不上是美女，认真看的话，还是很有风情。吴秀莲每天搽一大堆保养品，不得不说，保养得还不错。袁志明想到这，也觉得自己好笑，不知道是不是就要死在这里了，想这些没用的干什么。

他试图转移注意力，随便问：“你接下来要去哪里啊？”

吴秀莲看着电脑，说：“去个暖和的地方吧，听说云南那边天气好。”

袁志明心想，她果然不知道眼下的情况有多危险，笑着问：“你就不担心没人发现我们？”

吴秀莲回头看了看他，说：“我从来不担心。”

袁志明，问：“为什么？”

吴秀莲正在把下腭旁的肉修得少一点，让线条看起来更流畅，说：“这都是你们男人的事啊。”

袁志明愣了一下，像是自言自语，说：“可是男人也并不想操心啊。”

吴秀莲像是被他吵得很烦，关上笔记本电脑，说：“那是因为你不是那种男人。”

她跟袁志明说起自己丈夫，他们是在工厂认识的。当年吴秀莲年轻漂亮，追的人不少，但她只看中了他。或许是因为他每天来接她下班都很准时，她当时心里就认定，这个男人永远不会让她等。

结婚几十年，吴秀莲果然没操过心，自己的工资全都花在买衣服鞋子上。丈夫负责家里开销，一直打理得井井有条。有几年，女儿上高中，经济很窘迫，他也没让吴秀莲把自己的薪水拿出来，总是笑眯眯地看着她买数不完的衣服，然后说好看。在那些没钱的日子里，他想方设法保证三菜一汤，有时是去打份小工，有时是在菜场快要关门时才去买菜，买最便宜的，但尽量多买一点。

他这辈子，只让吴秀莲等过一次。有阵子他老说不舒服，去医院查，发现是癌症晚期。那天她回家，发现没人在家，也没人做饭，她打了他的电话没人接，坐在饭桌边等了一会儿——只有一会儿，他就回拨过来了。吴秀莲急急忙忙赶去医院，她问东问西：怎么回事呢？之前怎么不早点检查呢？——丈夫倒是平静，宽慰她说，医生说积极配合治疗，不是没有希望的。吴秀莲听不懂那些医学名词，只是觉得有希望就好，但她又害怕万一没有希望呢。

那段时间，吴秀莲天天守在医院，陪他做各种治疗。有次刚把他送进放射科，她就蹲在门口哭起来，她怕他丢下自己，又责备自己自私，如果能多关心他一些，是不是就可以早点发现这个病。他倒是平静，甚至在最后的日子里，都还在嘱咐她不要吃医院的菜饭，没营养。

吴秀莲还清楚地记得，他走的那天早上。她收拾清爽床铺，看他还在睡觉，打算趁他醒之前，出去买早饭。她找钱包的时候，他却突然醒了，问："天黑了吧？几点了？"吴秀莲看了看窗外明媚的阳光，有些慌神，他意识不清醒，在说胡话。

她赶紧掏出手机给女儿打电话，还没拨号，又想起还没回答他，慌乱中她抱紧他枯瘦的身体，说："天还很早呢！"——像是有某种启示，她知道就是此刻，他就要离开她了，她又哭起来，说："让你受苦了。"

这时他似乎清醒了一些，抬起手来摸了摸她凌乱的头发，露出素日的笑容，清楚地说了一句话："不要紧。养家啊，养女人，不只是男人的责任，也是我们男人的荣幸。"

不等袁志明说什么，吴秀莲又打开电脑，打算把图修完，她扭过头来说了句："大部分的男人都是长不大的孩子，你也是，你不是那种男的。"

袁志明盯着她的背影，突然有点想哭，他想说点什么，深呼了两口气，但最终什么都没说出口。两人陷入了沉默，只有她的鼠标咔嗒作响。

第二天早上，当袁志明打开车门，看到吴秀莲又去了山顶。蓝天之下，黄沙似乎无边无际，但他心里充满了平静，不愿去想此刻的危险。这时吴秀莲却大喊起来，张开手臂使劲挥手，袁志明也朝着远方看过去，看到了几点金属的光亮，他知道那是车身。袁志明立即冲进车里，发动汽车，用尽全身的力气按下喇叭……一声、两声、三声……汽车鸣笛声高昂地响起。虽然只过了一会，但又像是经过了全宇宙的洪荒，他听到了另一台汽车的鸣笛，一声、两声……

他们得救了。吴秀莲正从山上跑下来，袁志明等着远处的车开过来，他知道自己将回家去。至于吉姆酒馆，他想了一会儿，自言自语说："去吉姆酒馆需要好天气啊。"他还知道这一路上还会看到草原，看到戈壁，最终将看到城市。在路上的时候他只是个司机，可是袁志明知道，他要推开车门——因为他是父亲，是丈夫，也是男人呀。

Playground

或许是他们都感觉到了金子般的
夏日已然消逝，
寒冷潜伏在黑夜里，
旅行的时候多个人陪着，
并不是那么糟糕。

消失的海湾

by 郑执

酗酒者

1

“北美近三年来最强飓风最快将在今日下午抵达本地……”

陈万青英文很烂，但广播里正在说的这句英文中三个关键词刚好他都听懂了，分别是时间、地点、事件，他心里统筹了一番，应该就是这个意思。飓风要来了，难怪车开起来都被吹得“哐啷哐啷”响，车顶好像随时会被大风掀开，变身敞篷车。陈万青坐在副驾驶位，他不会开车，加上英文烂，在这个国家里几乎就是瘸子哑巴，去哪儿、干什么，都离不开人。即便他已经跟辛蕊分手大半天了，外出还得坐辛蕊开的车，走哪条路也由不得自己。他问了辛蕊好几遍这是往哪儿开呢，怎么越开人越少，树越多。辛蕊一声也不吭，眼神笔直地跟着公路的中心线向前跑，仿佛路前方矗立着某个她恨之入骨的隐形物体或人，踩足油门要撞上去。那要是个人，铁定是陈万青跑不了。

“明天还得麻烦你送我去机场。”陈万青双手紧攥车门上方的把手。

“你还不能走。”辛蕊的目光没离开过前方。

“回家的票我都买好了！”

“我说不能走，你就走不了。”

“机票一万多呢！坐不成你赔我钱啊？”

辛蕊终于侧目瞄了陈万青一眼。

“你眼里永远就只有钱。”

陈万青知道自己又可耻了，不是因为钱，是被辛蕊比的。跟辛蕊比，他永远缺钱，就永远可耻。

“也不光是钱的问题……”陈万青习惯了给自己找台阶下，“我再留在你这儿，咱俩都尴尬。”

“把该办的事办完，明天我就送你走。”

“什么事？”

“这条路你不记得了？”

辛蕊的语气像刚刚打赢一场短平快的战役，她明知道陈万青不记得。遗忘相爱中点滴记忆的恋人，都是可耻的。自己的高尚又一次打败了对方，他注定是可耻的。辛蕊心中竟有些喜悦，把广播扭到 CD 播放，车里响起一首英文歌曲，低沉悠长的前奏被淹没在车外的“哐啷哐啷”中。

“这首歌我记得，叫 *About the Day*。”陈万青抢答。

“*About Today*，不是‘the Day’。”辛蕊痛打落水狗。

“反正我就是记得。”此轮陈万青不再服软，为证清白，勉强跟着哼，可英文一句都跟不上。

“那我问你，三年前的 today，我们在哪儿？”辛蕊不依不饶。

陈万青不得不投降，头撇向窗外，见路边一只野狗在风中对着他们的车狂吠，却被大风消了音。

“我们就在这条路上，exactly 就是现在的位置。”辛蕊补充说，“你要跟我一起去收回我们的bay。”

Bay？这里要是有网络就好了，陈万青就可以用手机偷偷查一下单词了。

“海湾！”两人异口同声，陈万青还是慢了半秒。

2

我曾经最讨厌辛蕊在跟我说话时夹杂英文。无法忍受地讨厌。

“Finally，你还是来了。”

辛蕊的“finally”显然是在对我撒气，那次来美国的前几天，我们因为几句话不和在视频里大吵了一架，接连冷战了几天。我发狠说，你要是不欢迎我，我还不如把假期留着回家过年。之后一直到登机前，我都没再联络她。所以下飞机的前一刻，我也不确定会不会在出闸口见到她。

那是一年前，我第二次来美国看她。她开车来接我，副驾驶位上坐着个男生，说是她大学同学。她的车早上突然启动不了，临时跟同学借的车，心想着万一我真怄气没来，一个人再开两小时回家太无聊，干脆拉上男同学一起。这是后来我们情绪都平静以后她才跟我说的。刚下飞机，我见着那个男同学就烦，虽然主动帮我搬行李进后备厢，可转头又坐回副驾驶位，像监督辛蕊开车一样，我就只能独自坐到后面，好像我买的是儿童票。不该是换他开车，辛蕊到后面跟我一起坐吗？当然，也可能是辛蕊跟他事先串通好的，故意要给我难堪。两个多小时的路程，黄昏开到天黑，谁也没说话。那天天气挺不错的，可我看着道路两边的所谓风景，开始讨厌起美国来，至少没有第一次来时那种盲目的喜欢。

那是我们异地恋的第二年，我们个性那么不合，怎么就跌跌撞撞走过三年，挺想不通的。按理说，是三个月就该分手的一对儿。我妈虽然不太喜欢辛蕊，却总劝我说，没有两个人天生是合适的，都要磨合，一个负责磨，一个负责合，没办法，感情就跟欠债还钱一样，两个人里谁是债主，天注定的。我妈对我爸，一直演还债的那个，还了二十多年，大概是债清了，还完就离了。我倒觉得，谈恋爱像扳手腕，是较劲儿，但非得分出个输赢，那两人都累，反正也有人要输，为什么不能选择先松下那口气，配合一下对方的虚荣心呢？

第二次来美国那年，某晚我们饭后牵手散步，因为一个愚蠢的玩笑吵起来了，两人把手一甩，各走各的，就那么一直走，走的还是一个方向。她气急败坏走在前面，我若无其事跟在后面，故意走得很轻，好让她怀疑我已经回家了——但我不会的，我回家就显得我小气，何况那么晚了，怎么能让她一个女孩子自己走夜路？她爱面子不好意思回头，可又担心我真的回家了，所以一路都在偷瞄路灯下的影子，看看还是不是两个。我故意踩着她的影子走，把两个重叠成一个，为了让脚步声更轻，干脆把鞋脱了拎着走，袜子都磨破了，还是没能成功逼她先回头。她知道，谁先回头，谁就输了，她不是会认输的那个人。从深夜一直走到天亮，从市中心走到城市边缘，不能再走了，再走就进海里了。她在天亮以前已经靠各种小聪明确认了我一直在她身后跟着，所以不怕了，但气性还在，直到停下脚步前，始终没回过头，倚在栏杆上看海。最后还是我服了输，袜子破了 N 个洞，走到她旁边问：饿了吗？要一起去吃早饭吗？她点点头，我就牵起她的手，两个人开始往回走。腿酸得像要折了，决定打车回去，才发现当晚本是出来散步的，兜里都没揣钱，只有她带了手机，最后还是给人打电话让开车来接的。又是那个男同学。我说直接回家，不吃了。原来她还是没忘了气我。

我就是受不了这一点，女人气都这么大吗？也可以说，我不懂女人，但我见过的女人不是每个都像她这样儿的。朋友圈里伪闺蜜发照片穿的衣服跟自己上周穿的撞衫了，她非得到下面留言讽刺，我就不理解，撞衫能怎么着？又不是全世界仅此一件，争个谁先谁后有意义吗？她说有。因为伪闺蜜上周才问过她衣服哪里买的，这周就晒出来，明显是不要脸，这种行径无异于先夸你男朋友多好，背地里再抢走，最后还装无辜。我始终不能理解，就像我不理解为什么只有我们两个人在家的时候，我不能光膀子；为什么自己在家吃牛排还一定要左刀右叉不能用筷子；为什么我自己的生日却不能依自己的喜好去吃烧烤，一定要穿着走路都打滑的皮鞋去吃塞牙缝都不够的西餐。

“生活要有仪式感。”

“生活更要接地气。”

“所以你觉得我装？ Right？”

“少跟我拽英文！”

“So what？”

“So 拜拜！”

我摔了门走，行李也不拿了，这就去机场。不到十分钟，又回来按门铃，护照忘了。

我俩在一起的日子本就不多，磨大于合。但就好像是磨出了什么东西，粘住了，撕不开，怕疼。

她有优点吗？当然有，不然呢？一个从来没有一件事值得你铭记的恋人，怎么会这么久还分不开？刚在一起的第一年，我过生日，醉到不省人事，被朋友扛到一家连锁酒店，第二天醒来发烧了，又多躺了一天。第三天，该退房了，睁开眼，我额头上敷着毛巾，辛蕊就坐在我床边。我以为我是在做梦，问她是怎么找到这里来的，又是怎么开的门，她都不说，就问我感动不感动。我说感动，但是也没有你这么直接问的。她又陪我待了两天，就飞回美国去了。就是那一次，我应承她，下次一定换我去美国看她。

但是想不到，我第三次来美国，是来分手的。

我突然想起来，她这是要开去哪里了。

3

道路两侧是大大小小的天然海湾，这是当地著名的湾区。

“我求求你，开慢点儿！”陈万青双手握得更紧了。

“我不开快，一会儿飓风来了，咱俩更回不去了。”辛蕊很享受陈万青语气中的惊恐。

“辛蕊，我错了。”陈万青几乎是带着哭腔，“我错了，还不行吗？”

辛蕊更加得意地笑：“你看看你，又来了。你根本就没错，为什么要说自己错呢？你其实就是懒，懒得解决问题，能用认错敷衍过去的，就随便认个错。可我不是不讲道理的人，你没错啊，为什么要认？我都说了，把事儿解决完，我们就回去，明天送你去机场。”

“辛蕊，我真的错了。”

“你是不是害怕了？没事儿，别怕，你瞧这路上都没第二辆车，何况我开得也没多快，才一百四。你别这样好吗？你要是想放松，帮我瞧着点路，我记得就快到了，可是这里每个 bay 长得都差不多，又没个路牌，也不知道该在哪里拐。我就记得，我们那个特别偏僻。”

“现在不是闹的时候，再这么开下去真有危险，你现在开的方向，就是飓风要来的方向。”

“不错嘛，”辛蕊微笑着目视前方，“英文有进步啊，连这都听懂了。”

“辛蕊，快三年了。那海湾肯定早就是别人的了，当初我们就是闹着玩儿的。”

“你是跟我闹着玩儿的？”辛蕊变了脸色，对飓风的方向说话，“我可不是闹着玩儿的。”

4

“陈万青就是个混蛋。”

闺蜜小雅两年前就这么跟我说。她说我傻，没有她看男人准。可那时我还不当你是个男人，你就是个孩子，幼稚、冲动、好笑，除了这些，你还真没什么可爱之处了。那个时候，不可爱的那个陈万青，还没长大呢。

是你追的我。

那年暑假回老家，我们在一个 common friend 的生日 party 上认识的。后来我问你，为什么过来跟我搭讪，除了喝多以外，你说你觉得我讲英文好听——你从小就羡慕英语说得好的人，可惜自己大学上了一年就退学出来工作了，从始至终也没把英文学好过。当时我确实跟小雅讲了几句英文。小雅贴在我耳边说，这男生看样子就挺㞞的。我只是觉得你蛮好笑，外在跟内里一副天生不协调的样子，好像每天伪装得都很累，累在演技拙劣。后来我才听说，你前一天刚失恋，被前女友甩了。老生常谈了。可问题是，我看见你喝多以后躲在厕所门口的拐角哭了，哭得像个挨了欺负的孩子。在那一刻以前，我其实默认了小雅对你的评价：怪没出息的。而你哭了，哭得那么理直气壮。后来我也没跟你说过，那个时候我也刚跟前男友分手，很狼狈，根本不愿回想的那种狼狈。我只是提过前男友，但没说过什么时间分的——说不好为什么，只是不想让你知道我当时是在强装洒脱。我想让你觉得，我是一个真洒脱的人。可其实，我们同是天涯沦落人。

我确实是个坚持生活应该有仪式感的人，恋爱本来就是生活的一部分，可我就那么轻易地放过了你，连个告白都没有，一来一往吃了两顿饭，就牵起手来了。你确实有种自带的魔力，能轻松让生活中一切本该严肃认真的事，全都不着痕迹地过渡成家常便饭般随意，等反应过来——唉？告白呢？礼物呢？情话呢？——到你这全变成：我觉得这个凉拌萝卜丝应该再多放点儿醋，少放糖，酸甜中和一下，女孩子更爱吃，还不担心吃太多会胖。我服了。但是当我觉得鲜花跟礼物是节日的必备时，你不可以觉得这是庸俗，是矫情。这不是钱多钱少的问题，是观念的问题。陈万青，也许是你进入社会比我早太多，心如止水得不像这个年纪的人，我们还年轻，还需要波澜，可是你把我当作一片湖，你期待的是风平浪静。那些所谓的仪式、形式，不过是我们为生活定期制造的波澜，因为生活大部分时间，当真是平淡如水的，正合你意，不是吗？

陈万青，你一直都不明白，这从来都不是钱的问题。是你对生活尊重不尊重，对我尊重不尊重的问题。不能因为我们彼此喜欢，就把生活本身弱化成两个人之间无须维系的纽带。是的，怎样的生活都能过，但我要过走心的。假如你从来都是个粗心的人，我自然也不会失望，但我们当初刚在一起时，你不是这样的。现在你该想起来这条路是去哪儿了吧？对，去找那个 bay，属于我们两人的 bay。那是你第一次来美国看我，我没说，但我真的很感动。那个时候，你也觉得我们一起做的这件事很浪漫，对吧？但是现在你竟然忘了，你忘了。我不能接受。

我们的矛盾到底是从何时开始的？你说得对，从一开始就有。但是不信任，绝不是一开始就有的。你知道后来的两年时间里，你一共撒了多少次谎？我都记不过来了。为什么那次你过生日，我直接就能找到你住的酒店去？我承认，是我无耻，我在你手机里偷装了一个定位 App，就是你最讨厌的我的“伪闺蜜”小雅教的。要我说实话，一开始我是极其反感别人做出这种行为的，不管男人还是女人。可是人都是被别人改变的，无论主动或是被动。是你越来越少的联系，把我逼上这条路的。我们本来就是十二小时颠倒的时差，你的夜晚，我的白天，我不知道你晚上在做什么，不知道你睡了没有，就只能胡思乱想，想来想去，还是会微信问你一句“睡了吗”。你说睡了，但你的定位显示的不是家里，我不知道那是谁的家里，我宁愿相信，那是某间新开张的 KTV，或者某家你跟朋友偷偷去喝酒怕我知道的小饭店。事实证明，我输了，我被人当成了傻瓜。我说的不是你，你是不是有意，我都能够接受，不过是伤心罢了。我不能接受的是，我被我的好朋友、“伪闺蜜”当成了傻瓜。

“我早说过了，男人都是混蛋，陈万青又不是个例外。”

你看，我难过的不是被你当傻子，是为了你，成为了别人的笑柄。

我知道，属于我们的海湾，早就消失不见了。

我不过是想跟你一起再走一段路。

5

“这里也不是。我们的 bay 没有这么大。”辛蕊顺脚踢飞了一块石头，石头随大风又滚出很远，她的头发也被风吹得铺满整张脸，像一张黑色的柔软的网，“走吧，上车，去下一个。”

陈万青先上了车，主动帮辛蕊系上安全带。

“你干吗？”

“不干吗。”

“你不干吗是干吗？”

“就是叫你注意安全。”

“谢谢。明天过后，就犯不着你操这个心了。”

“一定要这样吗？”

“其实以前也是这样啊，我俩隔着十万八千里，真有什么事发生，你最多也就只能说句‘注意安全，照顾好自己’之类的。我没怪过你。因为你不开心的时候，我也一样陪不了你。”

“辛蕊，你知道我们最大的问题是什么？”

“现在才说这个？”

“我们始终是平行的。”

“说人话。”

“我不能离开家，你也不愿意离开这里。”

“这不是问题。”

“那是什么？”

“对此我们早都习以为常。这才是问题。”

辛蕊把音乐关了，又调回到广播，这次主持人聊的话题，陈万青听不懂了。车外的天色越来越暗，借着玻璃反光已经可以清晰地观察辛蕊，陈万青这才注意到今天辛蕊的口红是桃红色的，衣服上的图案是一只只小燕子，牛仔裤的右腿膝盖有破洞，脚上穿的居然是拖鞋——穿拖鞋开车不安全。她的头发什么时候染回黑色的？以前不是黄的吗？还是黑发是全新长出来的，旧的黄头发剪掉了？我们有这么长时间没面对面了吗？陈万青突然想面对面地，再好好端详一次辛蕊。

“不然，”辛蕊开口，“算了吧。不找了。”

“都已经到这里了。应该就在这附近。”陈万青松开紧把着的双手，在裤子上蹭着手心的汗，“继续往前开，我差不多想起来了。”

“原来你还记得？”

“当然记得。”陈万青说，“但我必须实话实说，用石头摆名字的细节，我是真的不记得了。”

辛蕊把车速慢了下来，她眼见一片巨大的不知名植物的叶子在空中横穿了马路。

“前面右转。”陈万青不敢摇开车窗，手隔着玻璃向外指，“就是那条小路转进去。”

“也不是这里。”

陈万青自言自语着。

“但我觉得很像，也许就是呢，你看，落日也是从那个方向下去，从最高的那棵树顶上划过。那棵树还在，比别的都高。”辛蕊越说越信以为真，

“我觉得，就是这里。”

这个海湾很小，陈万青很快从一头踱到另一头，又回到辛蕊身边，说：“不是这里。”

“你说什么？”风太大了，辛蕊听不清。

“不！是！这！里！”陈万青对风呼喊，“这里没有你说的石头！”

两个人再次回到车里，顶着风，开车门比上一次使了更大的力气。

“也许那些石头早都被吹跑了呢，或者被海浪卷走了。”辛蕊想了一会儿又补充，“或者就是被人清走了，我们的海湾被人买下来了。”

“再找找。”陈万青又把广播扭回 CD，依旧是那首 *About Today*。

“这张 CD 里只有这一首歌？”

“三年前，我们开车在这条路上，电台里正播放这首歌，你说喜欢，我从网上 download 下来拷给你的，后来你忘了拿，不记得了吧？”

“可是到现在我也没学会，就那么几句简单的英文。”

“那是因为你从来没想用心学。”

“停车。”陈万青说，“应该就是这里了。”

“陈万青，我们回去吧。”辛蕊的步子迈得不情愿，跟在陈万青身后说，“风真的越来越大了。刚刚我听广播里说，再往前开两公里都已经封路了。”

“所以这是最后一个。”陈万青一口咬定，“如果这里也不是，我们就掉头回去。”

6

“陈万青，你此时此刻，脑子里在想什么？”

“到底要赚多少钱，才能把这个 bay 买下来。”

“其实，我们不一定要学那些有钱人，非要找一个无人认领的 bay，花钱买下来才能给它命名。”

“什么意思？”

“我们现在就可以给脚下的这个 bay 命名啊，我们说它是我们的，它就是我们的。”

“我们都来了一个小时了，好像还真没见到别的游客来。”

“因为这里太小了，景色也一般，游客们都去一公里外的那几个有名的大 bay 去玩了，那里沙滩足够大，夕阳也更壮观。既然我们也是迷路了才找到这个小的，说不定以前还没人发现过呢，我们跟它这么有缘，不如就据为己有吧！”

“哈哈，那好啊。那起个什么名字好呢？”

“就叫 CX-Bay 吧！ C 代表陈，X 代表辛。”

“土是土了点儿……”

“那你想一个！”

“算了，就 CX 吧。但是怎么证明这个 bay 以后就是我们的呢？”

“捡点大块的石头，找个不容易被发现的角落，摆出 CX 两个字母。”

“辛蕊，你说那些有钱人，为什么要花那么多钱买一片海湾呢？难道只是想要欣赏属于自己的夕阳？可是那些在开放的公共海湾上欣赏夕阳的人，他们看到的落日，就要比有钱人的廉价吗？喜欢的东西，一定要尽全力占有吗？怎样才算占有呢？握在手里，还是放在心里？”

“陈万青，我喜欢这样的你。这个 bay，从今往后就是我们的了，我和你的。”

7

“辛蕊，你过来看，是不是这里？”

陈万青突然觉得独自站在沙滩上的自己，很孤独。

“是这几块石头吗？”

辛蕊假装很认真地在看。风太大了。

“也许是那两个字母，也许不是。”

“如果不是，又是什么？”

“也许是别人摆的呢。”

“这两个字母，不像CX，更像LX，不是吗？第一个字母，那是L。”

辛蕊似乎说了几个字，声音很小，被风吞掉。

“我记得，你说过你前男友姓罗，对吗？”

风太大了。

必须回到车里了。两个人逆着风，四只脚一深一浅地陷在沙滩上，一前一后地往车的方向走。辛蕊在前，朝身后伸出手，陈万青拉住，继续走。

音乐忘了关，车里反复回荡着那首歌。

陈万青帮辛蕊扣好安全带，辛蕊反过来也帮陈万青扣好，低头的时候，被大风吹乱的头发全都披散到了额前。陈万青小心翼翼地帮她捋好，轻轻地绕过耳根后别好。

“陈万青，对不起，我的记忆出差错了。”

“不是你的错。是我们在一起的时间太久了。”陈万青有些轻松地说，“更何况，我还要谢谢你，不然我也不会跟你再最后一起走这一段路。”

“我们掉头回去吧。”

“我一直想跟你说，”陈万青有些羞涩，“假如我会开车的话，我一定会让你全程舒舒服服坐着，都由我来开，然后平平安安地把你送到家。”

“我知道。”辛蕊重复着，“我知道。”

“现在我是真的在搭顺风车了。”

“什么意思？”

“因为刚才我们来的时候是逆风。”

辛蕊傻了几秒钟，终于“噗嗤”笑出来。

这是陈万青在讲冷笑话。她已经好久都没听到过他讲冷笑话了。

“How close am I to losing you.”

“How close am I to losing you.”

“其实我一直没好意思问，”陈万青转过头看辛蕊，“歌词里一直重复的那句，losing you，是‘输给你’的意思吗？”

“是‘失去你’。‘眼看我就快要失去你了。’”

“lose 不是‘输’的意思吗？”

“也是‘失去’的意思，一词多义。”

“哦。”陈万青目视前方，自言自语，“原来是失去你。”

寒暄｜韩寒

和八年前写的那一个前言不同，写今天的这些话拖延了很久。我记得八年前，我们的办公室在浦东。至于为什么在浦东，是因为招了五六个编辑，统计下来似乎住浦东的同事比例更大些，那办公室就租在浦东吧。

这是一个很草率的决定，因为我每天路上都要堵两个小时。堵车是最让人难受的事情：你爱开车，你也的确在开车，但你就是没有真正在开车。

我知道这话有点绕，不好理解。其实我们做很多事情都是这样：你爱这件事，你也的确也在做这件事，但你就是没有真正在做这件事。

八年过去了，我要做差不多同样的一件事情——写后记。有的时候，做的是同样的事，只是因为时间不再相同，就完全不是一样的心境。你不再喜欢你所做的事情了吗？似乎也不是。你疲惫了吗？似乎也不是。你有了新欢所以忘记旧爱了吗？似乎也不是。

也许过了很久，你才发现，不是所有的爱都永恒燃烧似火。有时候虽然依旧喜欢，但你就是不想再关心这件事，不想再听闻这个人，不想知道任何消息。每年你看到的春花秋雨夏风冬雪都一样，每年你感受到的却都不同。

所以，我要表达的就是，我其实不想写它。这些文章已经封存在我的记忆里了。你们每个人都有钥匙，需要的时候掏出钥匙来看一眼就罢，回顾一下当年的岁月。至于今天的一切，都和往昔无关了。

Illustrator **插图**——Page 003 ｜狐狸狐狸鱼。Page 004 ｜住在海边的人。Page 005 ｜ Lisk Feng。
Page 006 ｜赵喻非。Page 007 ｜文嘉。Page 008 ｜朱宝元。Page 010 ｜朱宝元。
Photographer **摄影**——Page 009 ｜杨云鬯。Page 011 ｜一个好人。

幼稚园 issue 01 今日宜远游

Chief Editor **主编** 韩寒
Planner **策划人** 林天宏 吴畏
Executive Chief Editor **执行主编** 朱华怡 向可
Product Manager **产品经理** 陈曦 常怡君
Executive Editor **执行编辑** 董雯清 卫天成 金子棋 梁 莹 朱双南 熊悦妍
Photograph Editor **图片编辑** 贺伊曼
Technical Editor **技术编辑** 顾逸飞
Special Printing Editor **特约印制** 路军飞

Art Director **美术总监** 山川 Gabryl Duke
Cover Illustrator **封面插图** Lisk Feng
Illustrator **内文插图** 舒然 ShurAn

Contact Us **投稿邮箱** playground@wufazhuce.com
Official Weibo **官方微博** @一个 App 工作室 @一个图书 @亭林镇工作室
@果麦文化 @知书少年果麦麦

ONE·一个 果麦 GUOMAI

图书在版编目（CIP）数据

今日宜远游 / 韩寒主编. -- 杭州 : 浙江文艺出版社， 2018.10
（幼稚园）
ISBN 978-7-5339-5427-7

Ⅰ. ①今… Ⅱ. ①韩… Ⅲ. ①中国文学—当代文学—作品综合集 Ⅳ. ① I217.2

中国版本图书馆 CIP 数据核字（2018）第 235787 号

今日宜远游
韩寒 主编

责任编辑 金荣良
装帧设计 山川 Gabryl Duke

出版发行 浙江文艺出版社
地　　址 杭州市体育场路 347 号　　邮编 310006
网　　址 www.zjwycbs.cn
经　　销 浙江省新华书店集团有限公司
　　　　 果麦文化传媒股份有限公司
印　　刷 北京盛通印刷股份有限公司
开　　本 880 毫米 ×1230 毫米　1/32
字　　数 183 千字
印　　张 7
插　　页 10
版　　次 2018 年 10 月第 1 版　2018 年 10 月第 1 次印刷
书　　号 ISBN 978-7-5339-5427-7
定　　价 49.80 元